# 風過松濤與麥浪

台港愛情詩精粹

秀實、葉莎 主編

# 推薦序
## 愛情詩的渲染力道與力之道

 蕭蕭

　　五倫是從夫婦肇其端的，夫婦是從沒有任何關係的兩個人開始有了關係開始的，沒有任何關係的兩個人開始有了關係是從眼神接觸、肌膚接觸、唇舌接觸，起了漣漪、波動，鼓盪著身心靈裡的浪濤，而洶湧澎湃，而不可收拾的。不可收拾卻要收拾，那就以理、以禮去約束其中可以約束的那一部分，這一部分造就了婚姻，也可能收束了愛情成為婚姻的內海。此外不能收束的波濤、漣漪就像颱風一樣，以逆時鐘方向旋繞，你以為她消失在陸塊、沙漠之中，不知她又從另一個方向、在某個未知的海洋掀起風雲。

　　愛情詩是從《詩經》：「窈窕淑女，君子好逑」開始的。眼睛看的是「參差荇菜，左右流之」，耳朵聽的是「關關雎鳩，在河之洲」，被觸動的心、被觸動的身卻「悠哉悠哉！輾轉反側」，腦海中升起的是理性的「琴瑟友之」、合乎禮的「鐘鼓樂之」！《詩經》第一首，就是這樣的愛情詩。可見，愛情詩應該有淑女、有君子，應該配上荇菜之類的植物、雎鳩之類的

動物，等到琴瑟鐘鼓之類的器物出現時，那就進入婚姻了！

二十一世紀的愛情詩也這樣渲染我們嗎？

人體的結構如果沒什麼改變，人的心，如果也沒什麼改變，愛情詩似乎也會以這樣的模式、魔式，改變著我們。回到都城，回到現代，在荇菜、雎鳩、河洲、琴瑟、鐘鼓之外，詩人仍然應用著類近的詞語、習用的意象、累積的典故在壯大自己，試看從中國大陸到香港的詩人岑文勁的〈無題〉詩，我將他〔論詩〕的言語隨附在詩句之後，可以看出現代詩裡愛情詩的基本型模：


　　玫瑰戴著尖刺的面紗走近　　（玫瑰，寓意憧憬中的愛情）
　　海棠在春睡中敷上掩蓋的面膜　　（指美人睡眠時安靜而醒後
　　　　　　　　　　　　　　　　　　臉孔醜陋）


　　天鵝遷徙延續命運的反覆
　　遊蕩乾涸的池塘　　（天鵝的靈活變通得以適應殘酷的現實）
　　鴛鴦雙雙哀鳴殉情　　（沉湎於愛情而不懂得生活，鴛鴦轉瞬消
　　　　　　　　　　　　　失愛侶）


　　粗暴的海豹蹂躪弱小　　（海豹的粗暴，使人對愛情感到迷亂）
　　城市找不到企鵝的堅貞　　（企鵝，隱喻愛情的專一）

　　凝視一具裸體的雕像　　（沒有愛情的婚姻如一具雕像的裸體）

　　內心湧不出纏綿的靈與慾　　（沒有愛情的婚姻沒有如魚得水

　　　　　　　　　　　　　　　　的靈慾一致）


　　挖空心思找尋背後的祕密

　　相識才知道是一場美麗的邂逅


　　只是一場交易

　　重新上路

　　結果都是一個人的

　　孤獨　　（愛情建立在「一場交易」上的孤獨而結局茫然）


　　岑文勁的論詩讓讀者容易掌握到讀詩的要件，甚至於學
會寫詩的祕訣，如前面四段所顯現的「兩相對比」（第二段雖
是三行，仍然是二事對映），從植物的玫瑰、海棠，動物的天
鵝、鴛鴦、海豹、企鵝，到人工的雕像，都是愛情書寫時東西
方文學中喜歡引用的典故，是詩作者刻意創造的意象，承繼了
《詩經》愛情書寫的傳統。

　　踏實的當代愛情詩，很可能跳脫原始的骨架，另尋視野。
紀小樣（紀明宗，1968-）特寫〈你的側臉〉作為抒情的媒
介，他自言比《看見台灣》紀錄片導演齊柏林（1964-）更早

用鳥目俯瞰，將海岸線與女子側臉蒙太奇融合成詩。愛戀之最初，所有情人想的都是：他是我的西施，他是我的維納斯，他是我的范倫鐵諾，如何為他的美留下最美的形象。這樣的愛情「詠物詩」是情人西施最喜歡的禮物，也是最篤實的愛的禮讚，從真實的身邊人的肉體禮讚開始：「妳的側臉；／記憶中最美的海岸線。／沿著柔順的額頭蜿蜒而下／妳的眉毛是置放在沙灘上的槳；／眼睛則是漉濕的　擱淺的船。／險峻的鼻骨延伸向海／繞過多風的岬角／爬上微陡的斜坡／來到紅色的河的三角洲；／我們曾在那裡　親吻／並且許下了──要用／一生一世來實現的誓言。」

　　身體書寫是當代新詩書寫最熱門的趨勢，唯美傾向的〈你的側臉〉是禮讚式的代表，以海岸線的稜角特寫頭部，以愛的柔情軟化曲線，身體書寫只止於臉書，「紅色的　河的三角洲」是指嘴唇，最激情的動作也不過是輔導級的親吻。林央敏（1955-）寫於2006年的〈合唱漁歌子〉則是情色肉體的歡樂型代表，化用張志和的〈漁歌子〉：「西塞山前白鷺飛，桃花流水鱖魚肥。青箬笠，綠簑衣，斜風細雨不須歸。」原詩隱者的悠閒情境、山水的優美色彩，在林央敏筆下都成為性愛的徵象，連逗留不去的「不須歸」都可以化成男精女血、妳是桃花流水我是鱖魚肥的性具「互相回歸」：「雙子山下棲息一隻黑

面琵鷺／妳是桃花流水／我是鱖魚肥／不戴斗笠也沒穿簑衣／咱們合唱一曲長長的漁歌子／頓悟千年前的古典詩／暗藏美麗奧妙的預言／咱們會在風雨中互相回歸」。大陸曾經流行「下半身書寫」，〈合唱漁歌子〉的下半首就是下半身書寫，極為露骨挑逗，歸屬於限制級：「鱖魚溯水游進桃花鄉的路真遠／有三十年那麼長／粉紅的洞口開在10點30分／入門就有一支波浪滾滾的交響曲／起起落落的旋律／載著魚身向前泅泳的力量／引起溪床協奏和諧的律動／最後游出洞口，才看到／完美的休止符掛在午後一點半／」。至此，回頭再看題目，單純的「合唱」早已成為「情性交溶」的交歡暗喻。

愛情詩的情，現代人早已用「身體」、用「性」來代替了。

不僅男詩人如此，女詩人亦然。黑芽（小名菁菁）收在《風過松濤與麥浪》的愛情詩，〈我是怎麼愛你的〉寫初識詩人KK的經過，從左右臉、左右手、左右腿到太陽、月亮的隱喻，是人體到天體的繫連；〈洞房花〉中「古老的事」所暗示的不也是「性事」？只是藝術家有著自己私密的創意，所以會「用一種很私人的配方」。更有創意的詩的暗示是「我將黑脫去」這一句，一般人想到的「黑」是脫去了衣物，但如果以作者「黑芽」的名字去代替「我」，「黑芽將黑脫去」──只剩下一個「芽」的意象，那是充滿白皙、稚嫩及誘惑的女體意象：

我

　將

　　　黑

　　　　脫去

在寒冬

用一種很私人的配方

做古老的事


　老於寫詩的詩人，如管管（管運龍，1928-）、白靈（莊祖煌，1951-），各有奇想，不甘在老式陳套中琢磨愛情。

　管管的〈給YC〉不同於黑芽寫KK，他這樣思考：


美麗的人兒是不可以咳嗽的

一咳嗽就會有花瓣從身上落下來

落在臉上可以當胭脂

落在手上可以當戒指

「怎麼！你要把花瓣咳嗽在衣襟上當牡丹花呀？」

「好看雖是好看，總是叫人心疼的是不？」

「萬一咳嗽的花瓣落在了地上？

豈不讓鞋子羞辱一場？

豈不是白白落入泥土的肚腸？」

「最最要緊的，是你一咳嗽呀！就會咳倒他一面城牆」

　　管管將女人喻為花，雖是老手法，但寫咳嗽會有花瓣落下的奇想，寫落下的花瓣可以當胭脂、戒指、牡丹花，用以對比落在地上被踩踏的命運，寫咳嗽會咳倒一面城牆的誇飾，都是作為一首詩最重要的「詩想」。管管做到了，這首詩就有了詩的力勁。

　　白靈的愛情詩則不落於實情實景，彷彿煞有其事，實則虛擬其境，另有一種愛情詩應有的浪漫：「我們在屋子裡讀書／霧來了　窗都迷了路／我在玻璃上劃出／幾條水溶溶的小徑／並請你用鮮紅的嘴形／在路的開端／吻上一枚唇印／泡茶時

　　霧剛散／整片風景的上方／停著一顆／打哈欠的太陽」。題目是〈口紅〉，詩中出現「鮮紅的嘴形、吻、唇印」加以呼應，真正呼應的其實是愛情。但白靈設計這段情事所要透露的，到底是什麼？根據他的〔論詩〕，霧與唇印都來得快，躲避不及，但也去得快，「徒留美好的記憶和詩作，此外皆不可尋。」白靈設計這樣的情事，傳達愛情如雲似霧，驚喜、惘然，相尋而來，唇印的一剎那驚喜，終其果，也不過是「打哈欠的太陽」那麼無奈。

　　白靈的口紅，管管的花瓣，都是愛情詩裡的老意象，但他們都將這樣的老意象放在出人意料之外的空間，產生了新奇之意，耐人尋味。

　　更年輕的一代，不一樣的性別，她們與白靈一樣，選擇一件物事去展延她們的愛情觀，如葉子鳥（1961-）以「黑膠唱片」的外型鑄模相同，但溝紋深淺與頻率呼應卻有著太多的懸殊；馮瑀珊（1982-）以「紅玫瑰」為愛情之喻，好希望凍結紅玫瑰，藏住永恆。一黑膠唱片，一紅玫瑰，物事不同，但她們的〔論詩〕卻指向相同的宿命。〈黑膠唱片〉的葉子鳥說：「是內在的某頻率被感應了，所以彼此有所通感，那是最初最美的時刻。後來呢？結局只有兩種，在一起或分開，無人能倖免。但是，愛情還在嗎？每個人的深淺都不一樣……。」〈告別十行〉的馮瑀珊說：「愛情的開始總是美好溫暖，感動只有難以言說的一種喜悅。但愛情的結束卻有不同的面貌和方式，心碎卻有千百種難以言說的痛苦。」

　　愛情，誰不嚮往？白靈以唇印似霧形容最初的驚喜，葉子鳥以頻率感應形容那美好，馮瑀珊以紅玫瑰形容那喜悅。但這霎時的歡欣，白靈卻說是「打哈欠的太陽」，葉子鳥也質問：愛情還在嗎？馮瑀珊看到心碎的千百種難以言說的痛苦。

　　快樂始，心碎終，臺灣詩人在愛情的嚮往與畏怯間擺盪。

香港詩人更絕，謝傲霜「絕食愛情」，對愛情沒胃口；秀實（梁新榮）卻是「我想豢養一頭小豬」，認為理想的愛情有如豢養一頭小豬，要把對方餵得飽飽的。絕食？美食？香港詩人在空乏其身與填飽其肚之間擺盪。

愛情的拿捏，如是。詩的拿捏，也如是。

樂觀的人看見嚮往可以成詩，失戀也能得詩。悲觀的人對愛情悲觀，卻也能在悲愁時成詩。若是，愛情的路上不一定歡呼，詩卻因愛情而有所收割！


2015年白露後二日　寫於明道大學蠡澤湖畔

# 推薦序
## 唯愛無毒

 管管

蘇青言：「飲食男，女之大欲存焉。」

男女之間這一逗，就天翻地轉，乾坤反身，女權至上了，本來女媧補天是壓軸，剩下的那塊假寶玉石，為水，為曾經滄海難為的女姑娘們，和了一輩子稀泥，身披紅袈裟出家不為僧了。

蘇青女士乃上海張愛玲時代，與張齊名的女作家，他把這一句古董，「逗點」這一「逗」，搞出了女男平等不平等條約，久被壓迫奴役的昭君西施們終于成了花木蘭梁紅玉。再也不忸怩作態，裝神聖。

可是若不羞答答就不惹人憐了。應該來招俠骨柔腸。

梁鴻志，他有一句，天下臭男聽了是正合「寡人飢渴」的話，他給陳璧君說（精衛的夫人）他言道：「這世界有兩種最髒的東西，男人最喜歡；一是政治，二是女人的……？」這二髒，多數臭男人都愛，商紂褒姒，夏杰妹喜，唐明皇楊貴妃，族繁不及備載。武則天、慈禧、王昭君、西施、越飛燕、陳圓

圓，這些名女都是戲，這裡不演。「一笑傾人城，再笑傾人國，寧不知傾城與傾國佳人難再得」。絕在「難再得」，若得了，也就不奇貨可居了。世事老是這樣，不會那樣！

「上邪。我欲與君相知，長命無絕衰。山無陵。江水為竭。冬雷震震。夏雨雪。天地合。乃敢與君絕。」

「公無渡河，公竟渡河，墮河而死，當奈公何。」

雁亡伴則終身獨。據說馬也這樣？人乃萬物之靈乎，知道「愛」這字的深意。

我很崇拜「上邪」、「箜篌引」這種夏雨雪的愛。也膜拜那種「難再得」之愛。

林徽音，身邊那個哲學家一生不娶，就精神愛，這是愛情「舍離子」，偉大的叫人慚愧。張愛玲冒生命之危去會胡蘭成老師，愛的驚動鬼神。

人是會見異思遷喜新厭舊的。人這種動物類犬縱慾，如帝王將相，三宮六院72妃，玩盡天下美色，結果寂寞。

男女到了床是國之時，聽醫生說或者是楊將軍卜大人說：「一個男人不能提早成為「養天地正氣，法古今完人」，少作「完人」為上策。

人生如夢呀，那就愛吧，唯「愛」無毒！

# 目次

# 口紅

bai 白靈

我們在屋子裡讀書

霧來了　窗都迷了路

我在玻璃上劃出

幾條水溶溶的小徑

並請你用鮮紅的嘴形

在路的開端

吻上一枚唇印

泡茶時　霧剛散

整片風景的上方

停著一顆

打哈欠的太陽

（選自《白靈世紀詩選》）

〔論詩〕

　　霧是水氣的化身，撲上窗後，難免留下痕跡，伸出指腹說不定可以劃出痕跡，於是以窗作畫乃成可能。口紅是女性向外留跡最顯明的代表物，吻上窗自是浪漫。待霧散景現，唇形乃有太陽「打哈欠」的可能。霧來得快的時候，躲都來不及躲，人生的故事亦然，很多都突如其來，「唇印」對人的突襲亦然，事過境遷，徒留美好的記憶和詩作，此外皆不可尋。

〔知人〕

　　白靈，本名莊祖煌，1951生．現任台北科技大學副教授。擔任過草根詩刊主編、台灣詩學季刊主編。作品曾獲中山文藝獎、國家文藝獎、新詩典獎等十餘項。出版有詩集十一種、散文集三種、詩論集五種，建置「白靈文學船」等十一種網頁。

# 那些我去過的地方

bu 布詠濤

那必定是目光的一個住址：
儲存著一個與你有關的詞——
我咀嚼每一個寫在路標上的地名，
入迷程度可比咀嚼亨利‧摩爾的一塊石雕：

那必定有一種久遠至地心的吐露，像泉水自石縫間湧出，
時間是流動的停駐，由記憶雕琢成形：

野草莓氣息甜美，出賣了蜜蜂的叮嚀——
就像經摩爾的手觸摸過的每一塊石頭，
都長出一張嘴巴，啜飲本地抽象的祕密，嚅動著
輕輕觸碰，我的敏感的唇。

注：亨利‧斯賓賽‧摩爾（Henry Spencer Moore，1898-1986），英國雕塑家。

〔論詩〕

　　詩名為〈那些我去過的地方〉。語言符號的演繹如導遊，引導讀者起頭就進入「目光的住址」，再推進到「與你有關的詞」、「路標上的地名」；緊接著，借用對亨利・摩爾雕塑的評論把敘述者的心理推演進一種美學層次的論述；隨後，引入抽象化的色香味經驗的回憶及漢語諧音的美妙：野草莓甜美，蜜蜂（密封）的叮嚀等意象組群，再經由對摩爾雕刻藝術的敘述，含蓄委婉又不失感性地吐露出：以詩語雕琢愛的祕密。

〔知人〕

　　布詠濤，曾用筆名「江濤」。香港女詩人、畫家。出版詩集《七日之城》、《沉默的飛翔》、《獨白與對白》、《等待無人經過》。曾與廣東詩人黃禮孩合編大陸詩歌民刊《詩歌與人》的「女性詩歌系列」的多種讀本。

# 靜靜的

cai 蔡文哲

我喜歡坐在黑夜裡

聽樹的呼吸，花開的聲音

喜歡凝視整片星空

整片是你微笑的夏日


草地上微風正緩緩旋落

有夢在我們的掌心發芽

有理想必須抽長。請你

在我們相遇的路口記得

陽光與夢土，悲傷與孤獨


你是否會在我離去的城市

站在我常駐的落地窗前

習慣用想像翻過空盪

一個人面對晨霧或晚霞

為我祈禱並開始信仰

願我倆不再是無帆之船
可以安然靠岸彼此
輪流說幾則簡單生活
無關於愛與旅途的掛記
以額頭輕抵額頭，靜靜
默念彼此的名字靜靜取暖

〔論詩〕

　　那晚我苦思應該寫什麼在卡片上。手邊有一本詩集，我找到那首常唸的詩抄給你，我想像你在異地思鄉展讀卡片時心中沸騰的溫度，如此就能感到安心，教我更認真刻寫字辭的筆劃。究竟因為我的祝福賦予詩的意義，還是因你的閱讀讓詩產生共鳴呢？我仍會在某夜讀到觸動心底的一首詩而輕輕唸著它們，它們與我對話時，我更想與你對話。

〔知人〕

　　蔡文哲，筆名天涯倦客，1984年生。曾任吹鼓吹詩論壇大學詩園版版主、然詩社社務委員。喜歡靜靜讀詩、寫詩，如同靜靜摸索魔術的伎倆，暗自練習。曾獲基隆海洋文學獎、高雄捷運詩文獎、台北文學獎等，作品散見各報章雜誌。

# 迷離的落花

cai 蔡富澧

藤蘿在流水的遠方攀附

落花在你深沉的湖裡滅頂

我們的愛情來得太早待得

太短，說得

太遲，當波瀾不再壯闊

成長是一種凌遲

對愛情來說


邊界是自己劃的

不是為了區別愛情與否

只是測試越界的勇氣

以及堅持

能走多遠的距離

再回頭

從前就是迷人的風景

總有停格的畫面，一瞬
千年，管他落花有意
流水無情
一生就這麼認了
緣起緣滅與前世今生

〔論詩〕

　　愛是煩惱的同義詞，佛家如是說了，但我們總是自尋煩惱，追求真愛，許落花有意，流水無情；也許曾經擁有，一瞬千年；真的相知相惜，天長地久，幾人能夠？也許就要走過所有的愛過、失落過、悔恨過，然後才知道，愛沒有天長地久，情總被生涯褫奪，思念，或是今生最美的擁有。

〔知人〕

　　蔡富澧，陸軍官校畢業，佛光大學宗教學研究所碩士。曾獲聯合報新詩獎、國軍文藝金像獎等多項獎項；著有《山河戀》、《山河歲月》、《生命的曠野》、《與海爭奪一場夢》、《藍色牧場》、《佛教經典一百句——法華經》等。

# 無題

cen 岑文勁

玫瑰戴著尖刺的面紗走近
海棠在春睡中敷上掩蓋的面膜

天鵝還徙延續命運的反覆
遊蕩乾涸的池塘
鴛鴦雙雙哀鳴殉情

粗暴的海豹蹂躪弱小
城市找不到企鵝的堅貞

凝視一具裸體的雕像
內心湧不出纏綿的靈與慾

挖空心思找尋背後的祕密
相識才知道是一場美麗的邂逅

只是一場交易

重新上路

結果都是一個人的

孤獨

〔論詩〕

　「玫瑰」寓意憧憬中的愛情。「海棠春睡」一句指美人睡眠時安靜而醒後醜陋臉孔原形畢露。沉湎於愛情而不懂得生活如「鴛鴦」轉瞬消失的愛侶。或許「天鵝」的靈活變通才得以適應這個殘酷的現實。「企鵝」隱喻愛情的專一，而「海豹」的粗暴使都市人對愛情感到迷亂。沒有愛情的婚姻如一具雕像的裸體，更沒有如魚得水的靈慾一致。最後五行直言愛情建立在「一場交易」上的孤獨而結局茫然。

〔知人〕

　岑文勁，生於猴年5月10日，廣州中山大學漢語言文學專科畢業，2006年從中國廣東肇慶移居香港，現職食品工廠工人。業餘讀書、寫作、編輯文學刊物《工人文藝》。來港曾獲文學獎。作品散見台港及中國大陸文刊。作品選入多種作品集。

# 雨中坪州

chen 陳德錦

兩團相連的翠嶺
是一隻記憶枕
承托你疲累的肩椎。
季候風吹進東灣，
像一匹冷風機
把雨點撒向你的傘子；
記起什麼呢？
一句耳語，輕輕
替風去梳理
一襲長長的烏絲。

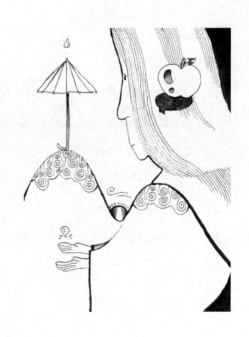

〔論詩〕

此詩寫的是香港離島坪州，時間在初夏，人物只得一個
「你」，因為這個「你」只記起多年前對她說的「一句耳語」
（情話）。初夏的海風微和，輕吹她的長髮，長髮又輕掩她的
耳朵，耳裡有風聲、雨聲、情話。兩人當時大概就像島上相連
的翠嶺，靠在一起，彼此以手互枕。雨下得時大時小，傘下的
話，或者不必說的話，只有這兩個人知曉。

〔知人〕

陳德錦，一九五八年於澳門出生，原籍廣東新會。一九
七〇年來香港，一九七八年獲青年文學獎詩首獎，一九八一年
獲市政局中文文學創作獎新詩及小說獎，一九八二年新亞研究
所獲文學碩士。發起組織香港青年作者協會並任主席。著作有
《書架傳奇》、《登山集》和《南宋詩學論稿》等近十多種。

# 共舞
## ──謹以此詩獻給我愛的人

chen 陳慧雯

然則，你尚未知曉，絕食症傳播甚囂

註定命裏是你的女人，我把自己過渡往

一種發自胃部的裂響或者饑腸的排浪

矮樹叢將是天空底下唯一可以投奔的小舟

自擬頹敗的毒花探試死亡，你尚未知曉

我，拋不到將斷欲斷的棉線往床的彼岸

無數個我麇集在渡口，扮演勇士對抗熱潮

儲藏糧食的島嶼下沉了，圍觀的人群已散

只有你舉棋若定地指揮著禽鳥歸集詩篇。

除了辨析體味，考慮歸屬問題，你大可

繞道子夜，往返晨昏。塔樓是石砌的孤獨

鑿刻著創口，迎春的副歌抖索著流水的纏綿

金薔薇的怒放！如蟒蛇般扭轉你的肉體罷

叫文字拉弓滿弦，歷史正以碎步包抄而來

但生命則趨於快進，刺痛顫抖至每根神經

眼珠流溢出的漆暗覆蓋著遺宅空巷

儼然黑的巡禮，繼續搖擺著水中的殿堂。
填滿我的嘴、我的喉、我的食管
舞動你靈魂的磁場罷，輔以電光的屑末
我在上鉤！垂死掙紮！拼命引體向上、向上
我將窮盡、一尾魚畢生的荒唐與瘋狂。

〔論詩〕

　　本詩表達了一個女人對愛情的熱望，一種執著追求、不惜為愛犧牲的精神。

〔知人〕

　　陳慧雯，女，1974年出生，祖籍福建。現從事教育工作。在各報刊雜誌發表了部分詩作及評論。出版了兩本十四行詩專集《年輕的日子裡》和《彷若水晶》。偶爾用筆名「倩心」。香港文學促進會會員、香港作家聯會會員、《香港詩人》執行總編。

# 途經。花開的時刻

chen 陳姵綾

總有一段情緣
未曾釋懷
總有個故事
未能完成
直到你我相認

從狂喜到默然
從寂靜到虛無
當結局註定了一切
寫詩吧

你只不過途經
我花開的時刻
而文字是唯一
與你相戀的方式

〔論詩〕

　　風吻過枝枒，預說著美麗：一張椅，坐臥風霜雪雨／一支筆，馳騁百千萬里。喜歡以「情」入詩，循著「愛」的軌跡聆聽歲月。於是仰望天際星辰，俯拾葉落花黃；無不脈脈含情，隨手隨心自是一篇篇最尋常的紀事物語。

　　熟識的朋友，約略知悉我所以殷殷為文作詩，源自大病一場後感知生命無常的療癒之旅。故寫詩讀詩；讀詩寫詩，已是我生活中不可或缺的重要靈糧。

　　感恩生命的長度已足夠我的表白，感恩我們始終擁有愛與被愛的能力。感恩文字的旅行經過這裡讓我們有了美麗的相遇。

〔知人〕

　　亞太經營家讀書創會長，書海會顧問，快樂傳播事業有限公司總監，豐和行銷企劃有限公司顧問，有機園生物科技（股）公司顧問，著作《姵綾情詩》、《愛情經過》。

# 告別十行

feng 馮瑀珊

讓我們一直有愛

不被時間、死亡和爭吵消磨

紅玫瑰安安靜靜睡在床上

不再呼吸也不會凋零

睡成最美的姿態而年華停住

讓她睡成水晶，甚至再久一點

變成鑽石就無堅不摧

紅玫瑰睡成永別

這暖暖的永恆藏在

暖暖的一條街

〔論詩〕

　　愛情的開始總是美好溫暖，感動只有難以言說的一種喜悅。但愛情的結束卻有不同的面貌和方式，心碎卻有千百種難以言說的痛苦。如果能將愛情的紅玫瑰凍結，是否就能將那些美好溫暖凍結？如果愛得再久一點，會不會就成了永恆？能否將那樣的溫暖美好，藏在每夜被街燈點亮的期盼中。

〔知人〕

　　馮瑀珊，1982生於台灣台北，現為國立中興大學中國文學系碩士生及喜菡文學網召集人。曾獲中華民國新詩學會頒發2010年全國優秀青年詩人獎、南華文學獎、夢花文學獎及新北市文學獎等。著有詩集《茱萸結》、短篇小說集《女身上帝》等書。

# 那時，我還牽著你

gong 龔華

那時
我還牽著你

以血脈抽成的絲線
季節在風箏上
塗滿楓紅的沉靜

入秋的黑瞳裡
有影子晃動
細瘦如煙
追逐著遠去的氣流

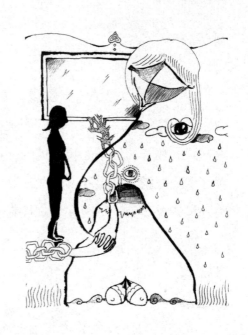

少婦的祈禱留在窗後
試圖穿破因套著鎖鏈
而遲緩下來的
心形的風

儘管那時

秋雨裡的淚滴變得易碎

傷心卻是次要的

天堂裡的風畫著心形

連地獄裡的也是

2007.9.11

聯合副刊2007.12.3

〔論詩〕

　　缺。

〔知人〕

　　龔華，曾助教於輔大外語學院，雜誌總編輯，新詩讀書
會講師。現任《乾坤詩刊》社長。獲頒「散文獎」、「詩運
獎」、「詩歌藝術創作獎」等獎項。世界文化藝術學院榮譽文
學博士學位。美國傳記文學中心2005年傑出女性。著作有：散
文詩《情思・情絲》（三民書局，1997），詩集《花戀》（詩
藝文，2001），詩翻譯《世界詩選──鶴山七賢》、繪本譯寫
《醜小鴨》等共十一種。

# 雨和玫瑰

gu 賽義德・顧德

每晚下雨時

雨都像節日前夕的孩子一般奔向你

充滿願望，期待

它的手掌攜帶

雲的輕盈

月的溫柔

給你作禮物，果園的玫瑰。

它掠過你就像一個夢在竊竊私語：

你是多麼美麗啊！

給了我的生命一個

跌倒的藉口。

張開你口渴的花瓣

說：為你我已準備就緒！

〔論詩〕

　　雨和玫瑰在阿拉伯詩歌具有一定的象徵意義。雨象徵著水果的生長，鮮花綻放，和貧瘠大地的復興。但是同時雨，如果是雷雨，也可當作對地球破壞的象徵。玫瑰是心愛的女人的象徵。因此，雨在這首詩是玫瑰的生命，沒有雨玫瑰無法生存。這首詩是雨對玫瑰的談話。雨是情人的象徵，玫瑰是心愛的女人的象徵。

〔知人〕

　　賽義德‧顧德，詩人、小說家、學者。旅居香港二十多年，已出版3部阿拉伯文詩集、2部英文小說、5部翻譯詩集。詩作被譯為多種語言。已將大陸、香港詩人的漢語、英語詩作翻譯入阿語。參加多個國際詩歌節。有比較文學博士學位。獲得了幾個詩歌詩人獎。

# 咳嗽的花瓣

guan 管管

（給YC 1995.3.5.）

美麗的人兒是不可以咳嗽的

一咳嗽就會有花瓣從身上落下來

落在臉上可以當胭脂

落在手上可以當戒指

「怎麼！你要把花瓣咳嗽在衣襟上當牡丹花呀？」

「好看雖是好看，總是叫人心疼的是不？」

「萬一咳嗽的花瓣落在了地上？

豈不讓鞋子羞辱一場？

豈不是白白落入泥土的肚腸？」

「最最要緊的，是你一咳嗽呀！就會咳倒他一面城牆」

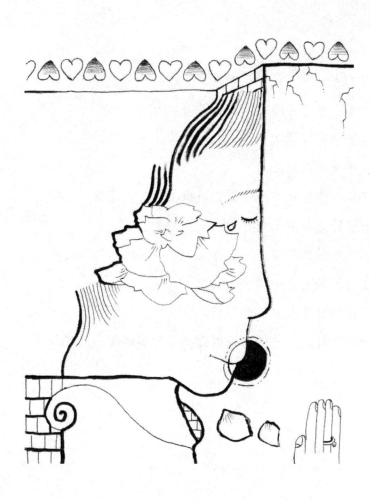

〔論詩〕

「執子之手與子偕老」，「北方有佳人遺世而獨立」，一株粉白淡香的花樹立于眼前，突然花容失色，不勝婉轉輕咳，花瓣繽紛落下是惹人疼惜而又無奈施救的，眼看著佳人呻吟喘息而生出「咳嗽的花瓣」之詩，是詩寫吾家佳人娘子的。情詩難寫在脈脈含情中。

〔知人〕

管管名運龍乃地球中國雲南山東青島台北古介根國人民。寫詩畫畫演戲散文多年。詩與散文共十本。得詩大獎二。詩入選各詩選多次，愛荷華國際作家計劃邀請作家，劉賓雁、陳白塵同期。影劇演了三十多部。一九二八生吃了不少糧食，慚愧而已，喝了不少酒高興而已，喜歡開罵挨揍而已。最近叫管管字不著外號半塵不染客。賈斯父不掃地。

# 唯有那歌聲輕輕迴盪

he 禾素

夢見
白色房屋，以及
藍色的海，浪不斷湧來
殘陽之光彌漫。試圖走向你
而越來越多的人，湧向你
包圍你，然後淹沒你

你的表情，嘴角的笑
溫柔的心跳，十萬里外盪漾
鴉群急速飛過曠野，草木凋零
肝膽俱裂。有人在夢裡
尋找故鄉，有人在故鄉
尋找夢想，我一直在尋找你

海浪，不斷拍打今生
拍打你我。鴉群飛回

在城與城間，暗攜來世之殤

夜與白晝，遙遙相看

靜寂的海面，唯有那歌聲

輕輕迴盪

〔論詩〕

　　每個人心中都有一個理想國度吧？還都藏有一位理想愛人，我也不例外。

　　於是，反反覆覆夢見，反反覆覆夢裏尋他。萬水千山走過，那人卻遙不可見。

　　有時候一次美好遇見，卻未必有美好收場。城與城之間的隔離，心與心之間的差距，又或者轉身即是永別。不是不想好好去愛，試圖風塵僕僕奔赴一場幻想中的愛情，結果卻暗殤滿懷。更多時候，我們實在是不忍面對真相，面對幻想破滅後的沮喪。

〔知人〕

　　禾素，本名方思入。出生於雲南芒市，現居香港。詩人、散文家。香港亞洲詩歌出版社副主編，天涯論壇香港版專欄作家，中國散文學會東莞創作基地簽約作家。

# 一個失戀男孩發出的一則短訊

hei 黑教徒

細數昨夜點滴流過的眼淚

剛好足夠讓妳在裏面

上演一場精彩的

韻律泳

〔論詩〕

在漫長的愛情競賽過程中，起點與終點之間，總會面對種種的考驗和痛傷。當一個熱熾追求愛情的年輕男孩，發覺自己所付出的一切不被對方接受時，仍然懷著關愛的心默默祝願對方，欣賞對方，相信，在現今快餐式的愛情觀下，是另類愛的體現吧！

〔知人〕

溫明，筆名黑教徒、古秋城。一九五五年出生於香港。曾獲青年文學獎，一九八一年獲香港市政局中文文學獎詩組優異獎、一九九二年獲香港市政局中文文學創作獎詩組第二名。詩集有《送女帖》（1993）、《青山粉絲廠》（2006），散文集有《木刻童像》（2007）等。

# 愛情詩兩首

hei 黑芽

我是怎麼愛你的

好像一開始見了左臉臉然後不見
（這是第一次）

之後不小心又見了右臉臉然後不見
（這是第二次）

之後從謝謝開始不小心寫了好幾封信之後
（這算第三次）

我忘了左臉＋右臉會是什麼樣
我竟然愛上你
是左手後右手前嗎？還是左腿在前右腿在後
還是立正算了
還是倒立看的更清楚些些

害羞！進不了大門

反正太陽每天笑著
月亮伸出一隻手來

救我！（這是第幾次）

**洞房花**

我
　將
　　黑
　　　脫去
在寒冬
用一種很私人的配方
做古老的事

〔論詩〕

（1）第1次突然遇見k，之後過了半年第2次又突然遇見k。之後不小心走在詩奔道路上，那一封封黃黃的太陽照亮了我。（2）要論詩不知要橫切直切斜切細切刀法要精準劍法如令令。這一劍磨了很久讓你久等了！

〔知人〕

2015年在黎畫廊5-6月剛舉辦「森林野未婚」詩畫展。2012年入選《文訊》生於60年代兩岸詩選。2011年入選爾雅出版《現代女詩人選集》。

# 虹彩

heng 恆虹

妳我是天上一道虹彩
在雷雨洗盡塵埃

左邊是我右邊是妳
太陽是作證掛彩的媒娘

赤紫是妳飄逸迷人的裙擺
飛弧是我們靈魂相依笙樂的舞動

今生遲遇錯緣是後世的永聚
天道之門正在悄然洞開

虹光在俗世的仰望喧嘩的到來稍縱即逝
兩縷靈魂的光芒擺脫肉身相擁相愛歸道天宇

〔論詩〕

當愛遇到挫折，就如水流遇到瞧石，不是繞道而行，就是噴激出浪花。愛又如彩虹，只有歷經雷雨才會懸掛天邊。然而虹彩易逝，唯有心虹高掛才是締結靈魂的恆久。當兩顆歷經滄桑的心偶遇碰撞在一起，愛就如星火燎原，一發而不可收，不理是遲遇錯緣。只要心心相貼，愛就可今生抑或後世永聚，天道之門亦也必然洞開。

〔知人〕

恆虹，原名吳永彤，香港詩人。誕生於動蕩的60年代中期，廣東海豐梅隴人。90年8月創辦《深圳詩人》報。2001年8月9日移居香港。現為《香港詩人》報總編輯、香港詩人聯盟社長。出版有詩集《月吟》、《恆虹詩選》和小說散文集《求索集》等。

# 盤中詩

ji 羈魂

你以幽幽的眼神飲去我滿額的
不了的泡沫燈影在燈影裏飛紋
醉有兩張不張的嘴有一股昇痕
也眼翻過半腹的慘澹你毫交然
己的眉無爪的雲層內裸不疊後
自眠鬚鱗擲出血色悶著過於吐
連不的無顧為盤頓悶笑癮手出
以隻舉在頭籟萬濺一容的勢一
濡一怒不如陽初的響焚慾吃種
相有夜蛻蟬空天個整去望力非
魚代一人那成撞跌間髮在的花
枯年的們我封塵網蛛下覆反非
的澤竭在涸渴是們我漫浪的禪

〔論詩〕

「盤中詩」，傳為晉代蘇伯玉妻所作。蘇妻為思念出使之夫，特於盤中寫詩。詩句從中央讀起，由內而外，回環盤旋，以寓宛轉纏綿之意。余仿其體，惟反其道而行，自外而內，歸結於中央一「盤」字。殆亦同寄纏綿宛轉之情耶？

〔知人〕

羈魂（胡國賢），香港詩人，1997年香港臨時市政局特聘作家；歷任青年文學獎、中文文學雙年獎評判。現為港大駐校作家基金會主席。作品曾入選中港台、星馬韓及澳歐等地選集。編著詩集、文集、評論集及粵劇等十多種。

# 戲夢

ji 季閒

昨夜把春天種在高地
是妳我造夢隆起的夜色
側身輕撫一朵花，讀她的綻放
也讀她謝幕時留下　春的斷句

妳說春夜不應久眠
我遂揚起牧鞭
驅趕千萬頭白色小羊，奔過
芒花搖曳的隘口，奔向
一首詩的最隱晦處
妳把羊數累了，牠們
在草原上躺成白色小河

我們裸身游進時間，游進深不可測的大海
變成魚，追逐、畫圈，以及親吻
深藍裡　有扭動的海草，開合的貝殼

海馬駝著月光潛入安靜的海溝

我們恣意沉下再漂起，彼此碰撞擠壓

像浮冰般溶化

〔論詩〕

　　未能成婚的戀情總是淒美難忘，加上突其而來莫明原因的分手，就更令人刻骨銘心。大學時曾結識一位他校女生，親密交往三年，參加她畢業典禮後的次日晨竟不告而別。多年後的一個春天半夜驚醒，突然憶及她在相聚最後一夜，異乎尋常的主動與熱情，隨手寫下春夜思春的春詩，希望是隱喻得當，情色而不色情。

〔知人〕

　　季閒（本名邱繼賢，男性），喜愛現代詩的讀與寫，大葉大學設計學碩士，專業景觀及空間規劃設計師，葉莎詩集《人間》編輯。此外亦是野薑花詩社、乾坤詩社，和吹鼓吹詩論壇社員，季之莎詩寫映象總版主。

# 妳的側臉

ji 紀小樣

妳的側臉；

記憶中最美的海岸線。

沿著柔順的額頭蜿蜒而下

妳的眉毛是置放在沙灘上的槳；

眼睛則是瀧濕的　擱淺的船。


險峻的鼻骨延伸向海

繞過多風的岬角

爬上微陡的斜坡

來到紅色的　河的三角洲；

我們曾在那裡　親吻

並且許下了──要用

一生一世來實現的誓言。


妳說我的眉毛像

一隻飛翔的燕鷗──

用雙翅輕輕地剪開妳的笑容。

那麼，就讓我們順流而下吧！

沿著河的三角洲　迤邐過

妳潔白的頸項──

我要在妳凹陷的鎖骨之上鑲嵌

一串　白色的海的淚珠……

〔論詩〕

二十來歲時，筆者在臺北當婚紗人像攝影師，外拍地點經常會到較為空曠自然的淡水海邊；當然也是戀愛約會的地點、場景。某日與女友（現在的老婆）夜遊，赤腳走在沙灘，腳底趾尖誤踩碎玻璃瓶；猶記當時她焦急擔心的神色……經驗轉化，（比《看見台灣》紀錄片導演齊柏林更早）用鳥目俯瞰，將海岸線與女子側臉蒙太奇融合成此詩。

〔知人〕

紀小樣，本名紀明宗，1968年生，台灣省彰化縣人，南華大學文學研究所碩士；親手打造《啟詩錄》等九座囚禁詩的監牢；目前擔任「文字饕」廣告文案總監。曾以私人身分到過優秀青年詩人國踏查、研究、參訪。

# 羽

jiao 角角

撿來，一片懂得飛翔的
身軀；執意流浪
而憧憬很遠
你待在，終路尚未抵達
尚未歸來；前方
是霧，引路回家

過去，並沒有花卉
生長，在眸內
我摘取是你凋零的手
遠方將是，把我們帶走
親愛的，
若是傷害，
便鬆開，便零落
成各自的塵土，不回顧

邇時，將是俯身
撿拾那片自你身上
掉下的傷口
還給你，
讓它還原，
一尾空中漂浮的魚

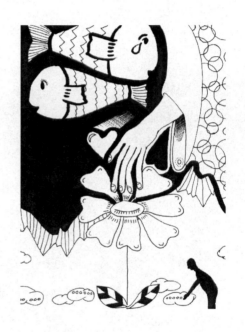

〔論詩〕

關於回家的一段路，沿途只有霧的引領。總是牽著對方的手，只能讓遠方帶領。心裏卻沒有懼怕。甚至是，給對方的自由。一切者是感激，因他已帶我走了一段旅程。

〔知人〕

角角，女詩人。喜歡創作。作品見於香港著名文學網站「文學人.com」和「新詩.com」，個人網址：http://kokkokpoems.wordpress.com/。

# 在門和門的對面

jing 井蛙

1


多年做同一個夢，一扇門正好對著一扇門幾隻昆蟲匆匆飛過
它們沒有一個能說相同的語言，它們一碰上就離開了


這個人重複說著相同的話，他說葡萄花開時他正好不在家
他錯過一個人回家的時間，他想念俄羅斯一條白光點點的藍色
河流


這條河流的遠處，幾棵矮小垂直的柏樹正好與他家屋頂緊緊
挨著
淡藍色雲層低斜過一片白色雪景，兩個匆匆回家的人，和一匹
慢慢奔跑的馬


人們站在河的對岸，焦慮地等待一簇光亮在黑暗中閃現
他以為他們一定會在出發的原點準時抵達終點

2

一扇門爬滿了紅色藍色和一些紫色的花朵
這個人從葡萄樹上爬到樹下去看一隻正在熟睡的蝴蝶終於停止
了飛行

他聽見一些人在議論蝴蝶拍動翅膀時他們剛過中年四十
他們錯過了解釋一張塔羅牌的命運

他焦慮地看著一張黑桃K和一張紅桃Q像兩個倒置的三角形縱
橫交錯
這條俄羅斯河，藍色波紋此時泛著點點白光在雪後的午時輕輕
流淌

這個人眉頭緊皺，他無法從對面窗戶的四角框框裡看到一丁點
的陽光
或嗅到一襲簡單的花香

3

夢是沒有線條和角度的一扇挨著一扇的門相互對立著
幾只昆蟲，它們沒有一個能說相同的語言但卻落在同一地點

他想起多年來做同一個夢，馬背上的新娘望著白光點點的星空
藍色俄羅斯河上白光點點的倒影，一匹馬慢慢奔跑在雪後的
午夜

他以為所有的人會從夢境的起點準時回到終點
他聽見一群人在議論一樹葡萄枯萎了，蝴蝶停止了飛行

一張黑桃K和一張紅桃Q此時像兩只大小不一的圓圈混合在一
堆大小不一的圓圈裏
他們沒有一個能說相同的語言，他們一碰上就破滅了

4

不記得葡萄花開時他去了哪裡，時間總是沒能記住人的行蹤
記得一個很遠的地方，一群人靜止在一條河流的對岸成了一個
小小的焦點

他的形體開始在一匹馬與駝著新娘的雪後午夜變得越來越清晰
他自由奔跑在無人不識的一個接一個的起點和終點

但這個夢始終沒能讓他進入任何一扇門或者走出一扇門
冬天的俄羅斯，一個無法結束的午夜和一個無法開始的早晨

這個多年重複出現的場景、角色，和一樹葡萄枯萎時
一只蝴蝶的死亡

〔論詩〕

　　一種生命中的不確定感，一種焦慮症和一種對現有秩序的懷疑。詩中展現了幾何空間透視、顏色透視，以及光線透視在文字之間的自然運用。愛情以外，此詩包含了對哲學、美學，以及精神分析學的理解和對個體自由的詮釋。

〔知人〕

　　井蛙，香港詩人、藝術評論家、心理學博士。出版作品有兒童小說《媽不要我了》；詩集《井蛙中英對照短詩選》、《永恆的奧弗》；歷史著作《芳香圖書館》等。現居美國加州，從事精神病理研究。

# 生菜沙拉
## ——妳在烹調一首關於愛情的詩

lai 賴文誠

自晨曦中醒來，味覺不再是黑白的夢境

廚房裡的鍋碗瓢盆碰擊出，清脆的詩行

我在眼眸裡寫下，一間愛的廚房

你的背影攪入白色的沙拉醬

句句情話，咀嚼著純潔的甜度

洗淨的萵苣菜葉，有新鮮的誓言

微焦的吐司丁上，我看見了

妳可愛的小酒窩


妳在烹調一首關於愛情的詩

我邀請叉子填上我的讚美

橄欖油在湯匙裡書寫著愛情海的天空

紫色高麗菜絲是妳漂染之後的新潮髮色

當季蔬菜隨意或躺或臥

淺盤中，一片清新的森林正在呼吸

燻雞肉，引出時間的甜味
小腹微隆的蘑菇，即將誕生可口的愛
火腿適當間隔著香氣的分行
當沙拉醬抵達舌尖之時
我豐富的深情，將是最爽口的配菜

〔論詩〕

　　這幾年，一直在和自己的體重拔河。但每天運動，吃少一些，但總是效果不明顯。於是，貼心的老婆為我設計了以愛調味的生菜沙拉。看著她單薄的身影在厚重的晨曦中努力搭配著屬於我的健康食譜，感動之時，這首詩也漸漸的被烹調出來了。我想像著，這些美食正通過我中年消化不良的腸胃，不由得吞了吞口水，準備大快朵頤一番了。

〔知人〕

　　賴文誠，新竹教育大學碩士，習慣以詩描寫生活，常在詩刊裡以詩作影印自己。曾獲得教育部文藝創作獎、宗教文學獎、吳濁流文學獎、好詩大家寫、台灣詩學詩獎以及多種現代詩獎項，多次入選各式詩選，著有詩集《詩房景點》。

# 些些跳痛情詩

li 李進文

用下雨的句型寫信

長亭接短亭地默誦，換氣，就

沉靜些些了我

黑雲持續自國家那方向飄來

我倒出室內的光

篩揀一條橘灰，淡靛，韌性，果然的光線

繫住那些個字，啊

那些個字

輕聲悄悄如霉

而重音，恰似剛剛發生的雷

震動些些

些些妳的名、節骨眼，以及苔蘚

苔蘚深刻地咬彎鐵椅，又

終於

些些放鬆——唇

微啟，將說畢竟未說

那些個跳痛的字

用放晴風格

憂鬱著：我可能不是妳值得的

〔論詩〕

　　你寄來的信，我都不相信，我只是小心把郵票剪下，飄在水面等待膠質融化，讓郵票與紙分離，澈底分離。

〔知人〕

　　李進文，1965年生，臺灣高雄人。現任聯合文學出版社總編輯，著有詩集《一枚西班牙錢幣的自助旅行》、《除了野薑花，沒人在家》、《長得像夏卡爾的光》、《靜到突然》、《雨天脫隊的點點滴滴》等多部詩集；另著有散文集《如果MSN是詩，E-mail是散文》、美術詩集《詩與藝的邂逅》、動畫童詩繪本《騎鵝歷險記》及《字然課》等。曾多次獲時報文學獎、聯合報文學獎、臺北文學獎、臺灣文學獎、林榮三文學獎、文化部數位金鼎獎等。

# 醉

li 李華川

我已愛得醉了，情人
而你的紅唇
在明月下綻開
送給你手上的玫瑰
在光影裡脫色
我沒有忘記浪漫的情人節
如花的你，情人
令鮮花一一失色

我真的醉倒了
醉倒在皓月下你的懷裡

〔論詩〕

這是令我難忘的一個女子。二十多年前，遇到她，令我眼前一亮。她的樣子很像愛神維納斯，有九成相似。她冷艷少言，我常寫詩給她看。開心時，她只輕輕一笑而已，她像一朵睡蓮。

〔知人〕

李華川，本名少華，1951年出生於廣西梧州。1970年開始文學創作；在文壇一向我行我素，不群不黨，個人著作有散文集《列車五小時》〔1983年〕、散文小說評論集《李華川自選集》〔1995年〕和詩集《詩感覺》〔1998年〕。

# 我只是大雪一場

lin 靈歌

你哭過麼，在北大荒
所有的淚都是雪，溫度都逃亡

感情降至冰點，凍傷的手捧一顆心
愛退縮蒼白，脈搏漸漸冬眠

而我不敢去探視，去年流落南方的春
一隻蝴蝶在髮上結蛹，我不敢碰觸
只是遠遠放逐，只是呆立山頭，呼吸嚴寒

列車自高原開拔，扭動的冰鼉
異域的馴鹿睜眼傾聽，針葉林內的騷動
那是聖誕老人送禮的雪橇飛過

而我在東方，仰望漫天煙火夾雜哽咽的淚水
我不敢靠近，怕光芒盡滅

我躲入人群的圍巾，帽子和口罩

大衣豎起的衣領，我只能如此取暖

隔著衣物偷窺，妳眼中迸射的燦爛


煙花會滅，人群將散

妳有妳的依偎，而我有冰凍的天地相隨

我是一場無法回頭的大雪

〔論詩〕

　　每一次跨年夜，許多各地湧來的人潮齊聚101看煙火，想到北方正降下大雪，跨年夜在北大荒冷清蕭殺，這樣強烈的對比，很適合寫一首悲傷的情詩。情詩不能太隱晦，也不能太煽情。適於沉默安靜，自憐自傷，淡淡地渲染，才能感動人。所以，將張力鋪排在最後第二節：「我躲入人群的圍巾，帽子和口罩／大衣豎起的衣領，我只能如此取暖／隔著衣物偷窺，妳眼中迸射的燦爛」。以及最後一行「我是一場無法回頭的大雪」。

〔知人〕

　　靈歌，本名林智敏，1951年生於台北市。吹鼓吹詩論壇小詩版主，野薑花詩刊副社長，創世紀、乾坤詩刊同仁。曾獲洪建全兒童文學獎。作品選入《小詩，隨身帖》、《台灣現代詩手抄本》（張默主編）。著有《漂流的透明書》、《夢在飛翔》、《雪色森林》、《靈歌短詩選（中英對照）》等詩集。

# 對魚

lin 林浩光

一潭碧琉璃

分割澄淨與塵垢

你是水中的優游

我是水上的憂愁

我看你是水中之幻

你看我是空中之色

乍相逢

便相忘

這一彈指間的交流

下次相逢

會是多少個劫後

誰是水中的逍遙

誰是水上的莊周

在哪一個江湖

哪一個渡頭

〔論詩〕

　　作者在池邊觀魚、觸發對愛情的感觸。水中與陸地分為兩個世界，水中的世界，代表純真與潔淨，那是作者心中的愛情理想。在現實世界中，理想的愛情可以有生根的土壤嗎？看來作者是悲觀的。真正的完美愛情，可能要等到多個劫後，在不可知的地方，才能有緣遇見。現在的一刻，他只能借助莊子的達觀態度，與游魚渾然相忘。

〔知人〕

　　林浩光，香港大學哲學博士。曾任職教育界逾三十年，現為香港大學中文學院兼任講師。著有詩集《古典的黃昏》、《琵琶行》、《逐日與飛翔》、《新祭典》、《圓桌詩選》（合集）《十一詩章》（合集）等。

# 給花的情詩

lin 林煥彰

## 1.給杜鵑花姑娘

讓春天親吻，嘴自動張開
讓我親吻，唇是妳盛開的花朵

春天，我們文定
我們也在春天完婚；

我讚美，艷紅杜鵑
妳是春神寵愛的女孩。

## 2.給酢醬草姑娘

妳開妳自己，小小的花
不在乎別人關愛的眼神；

粉紅；有桃花杏花
蘋果花的甜紅。

就是愛妳，不在乎的模樣
自己開自己；粉紅的小花

### 3.給霍香薊姑娘

白霍香薊紫霍香薊，霍家妹妹
妳們有點野，又不太野

白絨絨，紫粉粉；
也不管人家多紅多紫……

有什麼風吹過，有什麼蝶飛過
自在逍遙；在野地裡自己玩耍

## 4.給玫瑰姑娘

妳的唇，是經典之美。

與擦不擦口紅無關；
與任何顏色，與愛不愛，無關

妳的唇，是永恆的詩。

與朦朧不朦朧無關；
與明不明朗，與詩不詩，有關

## 5.給油桐花姑娘

很安靜，什麼也沒說
很雪白，什麼也不打扮
很素淨，什麼也沒少
很閒情，什麼也不求

素衣丰采，妳宜以仰望靜觀
宜以飄旋，美在輕輕飄旋中……

〔論詩〕

（1）杜鵑盛開，花瓣之美，容易聯想到羅丹的雕像——吻。（2）不因為野花野草，影響我對它們的喜愛；都是我的情人。（3）霍香薊，屬野花野草，有白紫兩種；紫色少見，多了幾分美。（4）美、詩、愛、禪，等同。（5）油桐樹高大，白花兒從樹梢飄下，格外優雅；如雪花……

〔知人〕

林煥彰1939年生，台灣宜蘭人。寫詩畫畫，並從事兒童文學創作、講學和閱讀推廣。著作出版已逾百種。部分作品譯成十餘種外文，並出版八種外文單行本。童詩及小品文有三十餘首（篇）編入新加坡、中國、台灣、香港、澳門中小學《語文》課文、教材、學測考題、教科書等。曾獲中山文藝獎，洪建全、陳伯吹、冰心、宋慶齡兒童文學獎，中華兒童叢書金書獎、澳洲建國二百週年紀念現代詩獎章等十餘種獎項。

# 在砂島

lin 林禹瑄

我傾向那些較為邊陲的幸福

在砂島，目睹一棵棕櫚

長出金色的葉子，擺盪、伸展

如你柔軟的手指

丞欲觸碰宇宙的中心

在砂島，我傾向失去屋頂

和你一起等雨，在黑暗裡

與未來對視，寫一些美麗

且勇敢的字

在你的後頸

與我的後頸之間

我傾向做看不見的人

試圖觸碰你顫抖的鼻尖

傾向一隻羞怯的甲蟲

以及容易著火的草

摩擦、纏繞、纖細、堅硬

安靜而熱切地焚燒

在砂島，傾向擁有一個膨脹的星系

放逐自己

成為彼此的中心

〔論詩〕

　　安靜的海。著火的夜。島嶼南端一隻甲蟲教會了我們如何
去愛，如何堅硬如何柔軟，如何往返於各種世界的邊陲，抵達
彼此的核心，不厭其煩地抵抗和相信。

〔知人〕

　　林禹瑄，1989年生，台灣大學畢業。曾獲時報文學獎、宗教
文學獎等。有詩集《夜光拼圖》、《那些我們名之為島的》。

# 合唱漁歌子

lin 林央敏

雙子山下棲息一隻黑面琵鷺

妳是桃花流水

我是鱖魚肥

不戴斗笠也沒穿簑衣

咱們合唱一曲長長的漁歌子

頓悟千年前的古典詩

暗藏美麗奧妙的預言

咱們會在風雨中互相回歸


鱖魚溯水游進桃花鄉的路真遠

有三十年那麼長

粉紅的洞口開在10點30分

入門就有一支波浪滾滾的交響曲

起起落落的旋律

載著魚身向前泅泳的力量

引起溪床協奏和諧的律動

最後游出洞口，才看到
完美的休止符掛在午後一點半

2006.02.11原作台語，02.18中譯。原載2006.03.26台灣日報副刊。

〔論詩〕

　　由題目及詩裡的文字可知這是一首從古詩脫胎而換骨的新詩，古詩即唐代張志和那首最著名的〈漁歌子〉：「西塞山前白鷺飛，桃花流水鱖魚肥。青箬笠，綠蓑衣，斜風細雨不須歸。」古詩表現山間隱者的悠閒生活及美麗景色，古詩的字詞意象幾乎全部移植到新作中，但內容情境卻大異其趣，新作顯然是一首情詩，而且在描寫男女性愛。在新作中，山下、鷺鷥、桃花、流水、鱖魚、肥、斗笠、蓑衣、回歸、洞口、泅泳等等都屬性意象的隱喻，並以合唱或合奏音樂比喻交媾過程，如此「情性交溶」，意境顯得含蓄美麗。

〔知人〕

　　林央敏，1955年生，台灣嘉義縣人，現居桃園市。曾任小學、大學教師……，現任《台文戰線》雜誌社發行人。曾獲聯合報文學獎首獎、巫永福評論獎、金曲獎最佳作詞人獎等多項文學獎。寫作品類豐富，被譽為全方位作家，著有詩集、散文集、小說集、評論集等三十餘冊，其中9000行、11萬字的《胭脂淚》是漢語文學中至今最長的詩篇。為台灣民族文學的代表性作家。

# 當風起時

liu 劉正偉

雲的名字寫在水上

風一吹

就散了


然而，心裡有個深深的烙印

那年夏天，妳錯手

將名字寫在水上

寫在我，小小的湖心

從此，當風起時

偶然下著綿綿細雨

或在幽微的夢裡

細細的水紋

總是不經意地，微微

漾著

〔論詩〕

回憶總是美好的！我們總是不經意的想起，那些逝去的青春歲月，那些年輕時的戀人。那麼天真無邪、單純美好！

〔知人〕

劉正偉（1967-）台灣苗栗人，現居桃園。佛光大學文學系博士。乾坤詩刊編委、野薑花詩社顧問、中華民國新詩學會監事。曾任公司負責人20年，現為國立台北大學中文系、育達科技大學兼任助理教授。曾獲全國優秀青年詩人獎。台灣日報台中風華現代詩評審獎。鹽分地帶文學獎現代詩獎。苗栗縣夢花文學獎新詩首獎。中華民國新詩學會詩運獎等。著有詩集《思憶症》、《夢花庄碑記》、《遊樂園》、《我曾看見妳眼角的憂傷》、《新詩絕句100首》。

# 生活

long 龍青

我用眼睛和你說話
偶爾不開燈，離開時
把瓶瓶罐罐擺好

我們都有被縫過的樣子
花很長時間瀝油
漂白抹布
然後一起被穿在針上
晚睡　早起

爐火總是燒得很旺
有人進來，坐下
我們站著或者彎腰
必須學會愛
學會讓坐下的人
微笑著離開

再也不能更壞了
春天來的時候
到處都是溫暖的人
我們用眼睛說話
在深夜關燈
穿上影子離開

〔論詩〕

年紀越長，話越來越少。面對面時習慣用眼睛說話；隔著文本的距離，就用字說話。

〔知人〕

龍青，筆名墓魚，AB型雙子座。獲99年新聞局長篇劇本八十萬首獎，開過一間名為「魚木」的店。曾任傾向文學社台北編輯、出版個人詩集《有雪肆掠》。現為極短篇作家協會理事、乾坤、創世紀詩社同仁，專欄作家。

# 歸來

lu 路雅

今夜星光燦爛

回到天地人和的家

懷裡盡是成功的喜悅

雕蘭玉砌

勝不過妳溫柔的一瞥

細雨落花中

我輕輕掩上了門⋯⋯

〔論詩〕

　　缺。

〔知人〕

　　路雅，龐繼民，一九四七年生於中國。自2003年起，致力推廣本土文化，策劃多個大型的詩畫籌款活動。著有詩集：《活》、《生之禁錮》、《時間的見證》、《秘笈》、《廖東梅畫集──真我顏色》及《五人詩選》等。

# 無岸溪流

ma 馬覺

和石頭鬧戀愛。和草葉鬧戀愛……

怔怔對著夜

透出星月

人世的愛

許多話是不能說的

許多話不宜說

只能讓星河、大江

在夢裏

開花


髮叢內掙扎

音符內掙扎

嚐透月色辛辣

豪華

「空即是色」

始終是主客

人我兩者間的事

〔論詩〕

　　人是理性動物，但更大程度是感情動物。「七情」喜、怒、憂、思、悲、恐、驚中，無愛憎。要尋愛憎，恐怕要到「三毒」、「六欲」去尋。愛情之海無涯無岸，好多時是竟其一生一世之事。有情是苦，無情是患。

〔知人〕

　　馬覺，三水市人。在香港寫詩五十多年。1968年畢業於香港中文大學新亞書院哲學系。著有詩集《馬覺詩選》、《義裏渾沌暗雷開》等。

# 別數算我們的日子

peng 彭吉蒂

一切都改變
當東風呼嘯而過，帶走我們的身體，但我
跟隨你的足跡，直到大海：
在白色的波浪躍足在沙壩之處
在岩石靜躺於沾濕的肌膚之下

自我認識你
我借你的雙目審視人世
我所聆聽，都是通過你而聽到的：
彷彿有第二個世界存在

請給我讀出海灘上散落的玻璃碎片
請給我翻譯海鷗落入深海的召喚
可是，別數算我們的日子：
別數算擱淺的貝殼裏被困的沙礫

自我認識你

我借你的雙耳諦聽預言

我所看見，都是通過你而見到：

彷彿有第二個世界存在

〔論詩〕

　　這首詩描寫了愛在心中所留下的深刻印記。對方（可以指愛人，朋友，親人，上帝）會影響「我」的感知和視角，但這並不意味著「我」失去了自己的觀點。相反地，「我」會用自己的眼光觀察世界，也會通過對方的視角觀看並理解世界。為什麼詩的名字叫做《別數算我們的日子》呢？因為「我」希望通過他或她所想像的第二個世界，既沒有起點也沒有終點。

〔知人〕

　　彭吉蒂（Birgit Bunzel Linder）博士，1962年生於德國西部，1998年畢業於美國威斯康星大學東亞學系。目前在香港城市大學任教比較文學。她在90年代末開始寫詩，獲2013年獲香港Proverse出版社第一國際詩歌獎後出版英語詩集Shadows in Deferment（《延遲的暗影》）。

# 我來過

pu 蒲葦

一直從這裡走

彷彿你在招手

在比遠方更遠的地方

一直從這裡走

我像一首孤獨的詩

希望用最後的餘韻

憐憫一場淡泊的自由行

一直從這裡走

我曾聽見垂老的枝條

在無法移開的天空

模仿深秋的雨

淅瀝地掙扎於

高高低低的輪迴

當天藍的時候

大地如舊沙啞

於是我愛紅

無非想你知道

無非想你看到

我有來過

我曾愛過

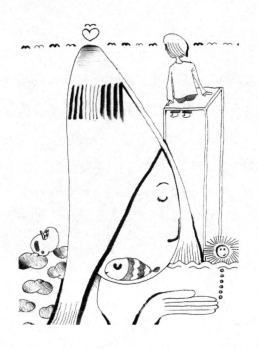

〔論詩〕

此刻重讀，仍會臉孔，心跳加速。不懂解釋，此情已藏於高山深林的一角，叫心照不宣。

〔知人〕

蒲葦，作家兼資深中文科科主任。著作包括《寂寞非我所願》（入選教協第廿四屆中學生好書龍虎榜）、《相遇像淡淡的水墨》、《直到除非》，另編有《新高中中文科必讀手冊》（三聯出版）、《每日文言半小時》、中文科師生合集《師生情緣又豈在朝朝暮暮》、《師生有情》及中文及文學教參書多種。

# 你終於成詩

qian 千朔

給你的詩是用我靈魂所寫的
所以無人知曉那麼藍的生命用了多少黑稀釋
所以告訴椅子（其實前生的前生是一棵樹）
別呆坐原地，起身離開吧
彷彿魚，或鳥，註定在水色裡宿命

飛走是一種本事，常態地異變形態
霧化氣化，或水化著面具
生存好像生活一樣虛假得醒來；於是
無所事事地抽血寫詩
寫著不知如何衰老又一直衰老的，你

以一輪子的火滾出一地
的自己，宛如一群移動的螞蟻
卻始終是個未能成形的
。字

漸漸崩潰卻又緩緩凝聚

宛如一只飄浮的意象，宛如水母

巨大的吸盤突兀著一只符號，自行延伸演繹

你終於成詩了，是一首不理想的，我的

〔論詩〕

這是寫給一位逝去朋友的詩。是一位很少寫詩的網路詩寫手，但二人聚在一起碰面閒聊時，總是有說不完的詩話，而在一起的時候，我未曾想過為他寫詩，反倒是離去了，才想著該為他寫一首詩；雖然，他讀不到了。

〔知人〕

千朔，台灣高雄人，目前從事平面設計工作者。野薑花詩社總編輯，吹鼓吹中短詩版版主，上海詩歌報挑戰者版主暨詩歌報微信編輯群。

# 海誓山盟

qin 琹川

海誓

從此定格於那個秋日

河流盡處翻閃著白芒

擁抱藍色胸懷

擁抱了整座海洋

在時間底蚌殼裡

千百回的痛

都只為了將淚昇華

煉成珍珠的光潔無瑕

山盟

不厭的是往來的雁影

看你風起雲湧

看我星月喧騰

青蔥的髮間起落著雪聲

相峙於宇宙荒野

以千古不變的姿勢

任脈脈波流成河
倒影中靜看絕色的彼此

〔論詩〕

　　彷彿還聞得到那揉雜著菸草與海洋的氣味，生命中必然
的緣會，總是無法自主，來遲了，就只得忍痛，將之不斷地苦
煉，昇華成一種柏拉圖式的愛。彷彿隔著悠悠無止盡的時間之
河，我在這頭，你在那頭，就這樣站成了相看兩不厭的山峯，
在四季的流轉中，從青蔥而雪落，我們終將攀越思念的峰頂，
以一輪皎潔而圓明的靈犀相照。

〔知人〕

　　琹川，本名洪嘉君，臺灣省台南市人，師範大學國文研究
所結業。曾任教職、秋水詩刊執行編輯。曾獲中國文藝獎章、
吳濁流文學獎等多項獎。著有評論集《詩在旅途中》，詩集
《凝望時光》、《風之翼》等以及散文、小說十餘部。獲邀舉
辦過個人油畫暨創作展，作品選入國內外各選輯中。

# 水窪

ran 然靈

曲折迴腸

抵達不了你的心

只能坐在肚臍

看看你的出生地

那時這裡的草原是一片海

你習慣每天看海

伸手天空就倒映掌中

吸引鳥雀啄食

雲朵散落的麵包屑


當你俯讀自己

淚水剛好滴落我的掌心

你的樣子我一直好好捧著

深怕一放鬆掉進草叢

就被貪土吃了

偌大的草原長滿

海的荒塚

我將你憋在一場

未下的雨中

你遙望遠方的海

很久沒有翻開自己了

〔論詩〕

　　這首詩以水窪遙想海，訴說如咫尺天涯般的思念。水窪像小小的肚臍，是海的出生地，蔓生的草也讓思念長成一座荒塚，期待著久違的雨鋪天蓋地而來。

〔知人〕

　　然靈，是雜誌記者也是作文教師；愛詩、塗鴉和自助旅行。著有詩集《鳥可以證明我很鳥》、散文詩集《解散練習》。

# 一個人

tang 唐大江

一個人走在街上，
有陽光、車聲、喧嘩和過多的寂靜。
我想告訴你
那大廈二樓開了所文具鋪，
街角盡頭有壽司店新張營業，
而我們，也該往超市買點雜碎回去。

一個人坐在家裡，
有電視、書本、網路而少了絃樂，
你不會猜到
靜默間我執筆繪畫寫字。
而晚飯吃甚麼呢都不要緊，
只預備多一張椅子，或有電話說歸來。

〔論詩〕

一個人孤單生活，期待愛人早日歸回。

〔知人〕

唐大江，香港土生土長詩人，詩作被選入多種詩歌選本。八十年代有詩集《生命線》。

# 無堤

wang 王羅蜜多

畫，不出來的時候
我一刀割破
即奔湧出一條澄澈的河流

畫裡春天映照落花綠光漂移
水下烏溜的眼珠望著夕陽與我

多年柳聲依舊拂面騷耳
新生鳥鳴和遠行的船螺
都藏入腹語，而

淚水晝夜不歇，漫越我們的小窩
未及收拾的小紅鞋，早已漂走

寫，不出來的時候
我一筆戳開
黃昏便流洩下來
一件有山杜鵑野百合的花裙子
裙底歲月覆蓋我抖擻的雙手
老花柳條已畫不出風中款擺

此刻河邊蟬聲依舊朗讀花綠的詩
而我的眼珠再度深潛古遠水域
窺視，妳我的來世：

淡墨青青，散步在無堤的河畔

（2015/6/28）

〔論詩〕

　　老男人想起年輕戀情，聲光水色奔湧而來。海枯石爛言猶在耳，如今盡成青青墨韻，湮沒河堤。此愛無堤，詩無題。割破畫布戳開稿紙，不可言喻的痛。

〔知人〕

　　1951年生，詩人畫家，已出版詩集《問路用一首詩》、《颱風意識流－王羅蜜多新聞詩集》、《夢‧飛行－王羅蜜多詩畫集》，目前擔任吹鼓吹詩論壇新聞詩版，散文詩版版主。

# 屬於海的

xi 喜菡

是來自你的訊息嗎？
零零落落
自枕邊流過
偶而，一波喧嘩

當陪伴成為日常
心，學著澄澈
學著與你相映

不想曖昧不想退場
由我再一次在你的雲鬢上色？

當你轉身向我
耐不住雀躍
偷偷剪下你的身影
平貼在沙上打樣
無須偷渡
心就是渡口

〔論詩〕

　　海的善變一如愛情。愛情裡的波折、喧嘩是必然，愛情中的人必須學著心心相映，學著彼此體貼，學著注目。對於愛情，對於海，有了心念，就有了渡口。

　　詩之發想，源自一張影像。女子慢步沙灘，海之光影鱗次，女子剪影其中，步伐的律動與浪呼應，如愛情之彼此，於是有詩。詩名〈屬於海的〉，也屬於愛情。

〔知人〕

　　「喜菡文學網」創建人、《有荷》文學雜誌發行人、「南方的風文學論壇」召集人。已出版《骨子裡風騷》、《蓮惜》、《鳥族與鳥族的喀什米爾旅行》、《最女人》等詩集。

# 行旅

xiang 向陽

我尋找你，在匆迫的行旅之中
如一尾魚，在纏牽的水草之中
我尋找你，在通往終點的驛站
我尋找你，在左右交困的路口
如一尾魚，我從眾多陌生的瞳孔辨識你

在闇暗的甬道之中，我遇見你
在廣袤的夜空之中，如一輪月
在人跡渺少的街角，我遇見你
在燈火睏盹的窗間，我遇見你
我從眾多無聲的臉容聽聞你，如一輪月

〔論詩〕

　　人生就是行旅。尋找與遇見，是行旅中最主要的節點。在匆迫的行旅之中，尋找知音，尋找愛，如魚之游魚水草，在人群之中，在來往的車站，在路口，我們以瞳孔尋找自我。遇見是尋找的回報，眾裡尋伊，終有遇見之時，遇見之音、遇見愛、遇見通透之悟，雲開見月，甬道、夜空、窗間，頓時開朗欣喜。無聲之處，廣闊無垠。

〔知人〕

　　向陽，本名林淇瀁，台灣南投人，1955年生。美國愛荷華大學International Writing Program（國際寫作計劃）研究，政治大學新聞研究所博士。現任台北教育大學台灣文化研究所教授，吳三連獎基金會秘書長。曾獲國家文藝獎、吳濁流新詩獎、美國愛荷華大學榮譽作家、玉山文學獎文學貢獻獎、台灣詩人獎、台灣新詩金典獎等。著有詩集《向陽詩選》、《向陽台語詩選》等五十種。

# 惱

xiao 蕭蕭

這一次，西湖的水岸頭
楊柳隨風拂動了
石板路上緩緩響起馬蹄聲
你就是不肯揚一揚你的眉

那一世，三峽的火堆旁
打著赤膊的漁夫撒下了網
搖槳的吆喝賽過船笛
你就是不肯動一動你的嘴角

前一世，陽關的土垛邊
漫天的雪花飄過斜坡
風一聲比一聲緊
你就是不肯揮一揮你的手

再前一世，鹿谷的風口前

戴著斗笠的村姑都出發了

歌聲時而掩蓋嬉鬧的歡笑聲

我不該推遠你沏的那一甌烏龍茶

2012.6.6

（選自《雲水依依：蕭蕭茶詩集》）

〔論詩〕

以前世今生的穿越劇，作為敘事的模式，將詩情「小說化」；以奉茶、飲茶的動作，作為敘事的媒介，將抽象的情意「意象化」。前三段「你就是不肯揚一揚你的眉」、「你就是不肯動一動你的嘴角」、「你就是不肯揮一揮你的手」是女性的「惱」，是「襯」，真正的「惱」是「我不該推遠你沏的那一甌烏龍茶」。

〔知人〕

蕭蕭，本名蕭水順，1947年生於台灣彰化，現任明道大學講座教授兼人文學院院長，台灣詩學季刊社社長。重要詩集：《松下聽濤》、《月白風清》、《雲水依依》、《凝神》、《悲涼》等。

# 星遇

xiao 小害

像我這樣的人
能否能將天空染成藍調
還是讓最初的記憶
紡為妳手中
日後迎風的絹帕
若兩顆星相遇
要交擊在最斑駁的夜晚
我折斷了鑰匙
仰望黃昏氤氳的月暈
如此，我們相約了
殞落的地點
沒有過於激動的浪花
沒有撤離不及的魚獸
以平靜的搖籃曲
像妳像我

〔論詩〕

　　愛情來到，太多數都是錯的時候；但當他或她要走時，就一定是對；起碼，對方會告訴你：「我們分開，那大家都好。」若果，明知一段愛情是錯，而你又奮不顧身去愛。我很想恭喜你：你是對的，因為從開始你便等待著這個對的時候。沒有什麼叫遺憾，沒有什麼值得真正的痛苦和快樂，我們只做著我們所希望的事，讓我們懷念的事。

〔知人〕

　　小害，男，喜歡寫詩，認為詩文是人情與人性的表現。曾獲《香港青年文學獎》亞軍，作品見於《圓桌詩刊》等。現為「文學人.com」網絡文學雜誌社長，希望藉以推動文學創作。

# 絕食愛情

xie 謝傲霜

我對愛情沒胃口
如果你看過爸媽在桌上邊吃邊嘔吐
你一定會明白我
為甚麼不想吃愛情

我絕食不為抗議甚麼
只是覺得肚子空空很舒服
腸胃沒負擔的感覺你懂的
就像輕飄的可以脫離塵世

別煩我好嗎？
別跟我說你愛我好嗎？
我認為你根本不知道真正的愛情是甚麼味道
那是用糖果包裹的刀片
而有些人願意為吃甜而滿肚血腥
我才不會這麼笨

尤其是這餐高昂得無法以我的低薪支付

我寧願把錢存起來消費性慾

雖然這不會讓你飽但也不會要你餓


別推說世代差異了

我絕食愛情根本就是你和你的世界如此教導了我

〔論詩〕

　　日本作家深澤真紀在2006年創作了草食系男子這流行用語，來形容出生於1970年代前後，追求物質與名利的慾望很低，對異性、戀愛及性愛的興趣也不高的男性群體。後來還衍生出肉食男、草食女、肉食女這詞語。而在2014年，更出現了絕食系男，指對於戀愛或性愛毫無興趣者，完全不需要有女朋友，只專注於自己興趣。

〔知人〕

　　謝傲霜，香港作家、編劇、詩人。著有文化評論集《愛情廢話》、《香港情書》；小說《多謝你背叛了我》；詩集《在霧裏遇上一尾孔雀魚》；電影劇本《中英街一號》等。其中多本著作曾入選香港中學生好書龍虎榜六十本好書。

# 我想豢養一頭小豬

xiu 秀實

屋前隔著一道小溪，對岸是城池的朱雀門
高聳的城牆內是一個天朝大國，但與我無關
為了理想，推辭厚重的官銜和俸祿
流放到這裏來，搭建小屋。小溪彎曲處
建一座筒車，聽旱季時咚咚的水聲
雨天時沙沙潺潺，窗外天昏地暗
城內那些賑災的官媒與貪婪的官函
料想都給毀滅在洪水之中

我想豢養一頭小豬，優雅的品種
開始時牠不胖，喜歡整潔，並在房內
東跑西跳作出煩擾的聲音和動作
我不忍責罵牠，我疼牠給牠無數的吻
或許牠是共產黨員，或許不是
我餵飼牠以最好的時光，牠會逐漸長胖
我把那柄鋒利的廚刀埋藏在屋後
然後在昏暗的燈下撫摸著我這畢生的事功

〔論詩〕

　　寫理想的愛情，有如豢養一頭小豬。生命中最理想的愛情，是出現在嚴峻的現實境況中，而這種愛情，超越生活的貧富差別，超越政治的意識形態，相處時不必多話，以吻，以包容，以對肉體的珍惜，體會到愈簡單便愈是忠誠的愛。最後看著她心廣體胖，這便是所謂「畢生的愛」。

〔知人〕

　　秀實，香港詩歌協會會長，《圓桌詩刊》主編。著有詩集《昭陽殿記事》、《荷塘月色》等，詩評集《劉半農詩歌研究》、《散文詩的蛹與蝶》等，並編有《燈火隔河守望──深港詩選》、《大海在其南──潮港詩選》等詩歌選本。

# 我想過的生活

xue 薛莉

擠進小房子之前

我有過想像

如三百字稿紙

不貪心的生活

在一條巷子走過晨昏

沒有捷運站，緩慢且悠閒

下雨天我有撐傘迎接你的欲望

喜歡肩膀不經意地觸碰

說些家常，微不足道的幸福

我想過的生活，芝麻一般渺小

陽台上的蔬菜站滿偷食的鳥兒

你在書桌，我在餐桌

詩和音樂在我們之間

我想過的生活

偶爾交談偶爾沉默

落日，紅在我們之間

〔論詩〕

　　心情是散步到新婚時住的小套房，以為幸福垂手可得，後來才發覺轉眼即逝……

〔知人〕

　　路邊隨處可見的大嬸……誤闖臉書，鑄下大錯。

# 有些星子風流成性

yan 顏艾琳

## 1.乍現

是我
我看見了你。

那如水的暮色，
傾倒我心，
只為一顆新星
讓出我的璀璨。

## 2.星象

每顆星星都是你的眼睛，
在雪線以上，
忍住一些想念的淚光。

## 3.夜風

一陣風，把世界往前推動十公分；
隨後，又將這一切
推向了我。
這一瞬間、那一瞬間，
我不前不後，
就像為了
與你重逢。

## 4.流星

對望如此近，
一個眼神擁抱了彼此，
別人的凡間，
有了隱約的流言。

〔論詩〕

　　缺。

〔知人〕

　　台灣台南下營人，1968年出生，輔仁大學歷史系畢、台北教育大學語文創作所肄業。目前擔任新北市政府顧問、耕莘文教院顧問、韓國文學季刊《詩評》台灣區顧問、大陸詩歌刊物顧問與網站專欄詩人；曾獲創世紀詩刊40週年優選詩作獎、文建會新詩創作優等獎、2010年度吳濁流新詩正獎、2012年海南島第一屆桂冠詩人獎。著有《顏艾琳的祕密口袋》、《已經》、《抽象的地圖》、《骨皮肉》等15本書。

# 二葉松

yao 姚時晴

如何說出這些祕密？
譬如，山如何漫步大海
水如何飛越天空
一個部首
如何點燃一座字林的大火


每個滿布油脂的聲音
在乾寒的音節中摩擦生熱
燒裂文字的毬果
落地繁衍自己的回音


以一個聲音的死去
喚醒另一個聲音重生


說話，說話
開口說出寄居子房的霧

開口說出胚乳尖端的夜

說出每隻栗背林鴝清亮的語言

說出肩上棲息一片海洋的樹

這些聲音在火裡凍結

水裡燃燒

最末滴落於一首詩的脈葉

安靜凝結

於是，我們無聲無息的愛

就這樣填滿這個季節

〔論詩〕

　　2011年我開始探尋關於詩的語言內裡和質地，試圖在現代詩語言裡摸索出屬於自己的格律和氣息。藉由重新對古典詩的研究與對語言音樂性的追索，慢慢找出自己的語言節奏和詩的襯裡。針對這些對語言的思索，我寫了〈關於語言的建築想像〉一文，表達自己對語言美學的概念。另，由於當時我決定以情詩的形式作為此語言探尋計劃的試驗雛形，因此也間接對情詩書寫進行自我思考與辯證。而〈二葉松〉這首詩應該是我在這段語言探尋和試驗過程中，嘗試呈現出這些思考的詩作之一。

〔知人〕

　　台灣彰化人。現為「小草藝術學院」編輯，以及《創世紀詩刊》編輯。獲選2000年《創世紀詩刊》新生代詩人，與2007年「台北詩歌節」新生代詩人。詩作收錄於2007年《台北詩歌節詩選》，2012年《中國散文詩人作品選》，2013年《台灣詩選》，與2014年《創世紀60年詩選》等。著有《曬乾愛情的味道》（2000）；《複寫城牆》（2007）；《閱讀時差》（2007）；個人情詩集《我們》（2015）。認為每一本詩集都是對前一本詩集的背叛，因此這四本詩集分別以不同筆法和語言形式創作，期待每一本詩集都是另一個新生。

# 五月，害羞的城池

ye 葉莎

牽牛花聒噪吹奏，圍起
五月害羞的城池
我也害羞吧？
拂過矮籬，指尖定定停在
離你五釐之遠
之近，一起聆聽池水呼吸

眼前這漂浮性水生植物
已佔據整個池面，灼灼其華
你的眼瞳也有，紫色花影
飄近，在水一涯

（可是我是屬於香水百合的，這裡每一朵粉紫都不是我……）

愛情屬於哪個水域
屬於有性，還是無性
怎恣意繁衍
在五月害羞的城池

〔論詩〕

　　在湖畔一起看水風信子的日子很遠了，偶爾回首驚覺記憶沉悶而寂靜；昨日、昨日的昨日、或是更多的昨日，有的樂觀舒展，彷彿陽光下舒暢呼吸的綠葉姿勢，有的難免困頓，散發腐敗的氣味，無論如何我仍深深相信猶有可以轉變的契機，包含愛以及一切事。

〔知人〕

　　攝影者與嗜詩者，乾坤詩社責任編輯，野薑花詩社採訪組長，桃園藝術攝影學會和筑影攝影學會講師。曾獲桃園縣文藝創作獎，桐花文學獎，台灣詩學小詩獎。出版過個人詩集《伐夢》與《人間》。

# 一段奇異愛情

ye 葉在飛

我曾經以為
已經深嘗過愛情的全部悲與喜
直到她的突然失蹤
音訊全無
猶如垂直向天射出一箭
卻不再掉回

愛情中的第三種
在應該哭還是應該笑
之外的無以名狀物
早產了

那是一種無岸的思念
沒有味道
沒有顏色

只餘癡癡呆呆的眼神
疑幻疑真的記憶

暖香的生活
以及流麗的世界
都陪著我死了

今天能夠復活
全因為我意外地愛上了
不哭不笑的自己

〔論詩〕

　　曾經歷過多段愛情的甜蜜與悲傷，最獨特的一段是女友突然失蹤了，她租的房間退了，所有通訊也斷了，事前沒有吵架，不涉金錢轇轕，也無意外發生，就是一聲不哼地走了。這令我第一次嘗試到奇特的愛情經歷。充滿了為何分手的懸念，想不到最合理的解釋。迷糊失落了好一段日子，最後以詩、以禪理自我救贖。

〔知人〕

　　葉在飛，長年沉迷閱讀，無力爭名，不擅獲利，閑時賞山玩水，拍攝天趣，慶幸尚能安樂過活。已出版詩集《我被一群飢餓的新詩重重圍困》，以及獵收天下優美中文句子的《中文獵句賞》。

# 黑膠唱片

                                          ye 葉子鳥

你的指紋，是我佚失已久的唱片
當想像的舌尖，觸到你的音軌
在瞳裡以相同的轉速，摩擦出表面張力
隱隱圓潤著臨盆欲出的晨露，在一朵
波特萊爾通感的紫玫瑰

語言總是多餘，可畏懼的色差
陽光在黝深森林裡篩漏，霧氣
更原始的所在

軌跡的可循與不可尋，季節失去它時鐘上的數字
有誰還能鑽木取最初的火？

有一些聲音，另一種波長
源自蜜的味蕾，月圓的黑膠
轉述著自己的頻率，與你的指紋撩起蜂的
翼動

〔論詩〕

　　當我們說愛情的遭逢，是否都有不一樣的故事呢？看似不一樣，其實都一樣。是內在的某頻率被感應了，所以彼此有所通感，那是最初最美的時刻。後來呢？結局只有兩種，在一起或分開，無人能倖免。但是，愛情還在嗎？每個人的深淺都不一樣……

〔知人〕

　　葉子鳥。喜歡過自己的日子，偶爾出來吹吹風。〈吹鼓吹詩論壇〉副站長。《本本》閱讀誌執行編輯。參與〈差事劇團〉及〈南洋姊妹劇團〉。

# 雨的原因

yin 隱匿

我在傘下，很安全。

隔著雨。

我看得見世界，世界看不見我。


隔著淋溼的肩膀。

曾經或者未曾。

與我共撐一把傘的，那三個人。

〔論詩〕

　　一把傘可以是一個小宇宙，用雨滴和雨聲，隔開並且映照，外面的世界。所以這是一首情詩，獻給曾經或者未曾，和自己共撐一把傘的，那三個人。

〔知人〕

　　寫詩的人。台灣淡水有河book書店女主人和貓奴。著有詩集《自由肉體》、《怎麼可能》、《冤獄》。玻璃詩集《沒有時間足夠遠》、《兩次的河》。散文集《河貓》。

# 雨天讀詩

yin 銀色快手

下雨天理應讀詩的
介於昏沉與迷濛的氣氛
心情不好也不算壞
撐著傘去巷口買便當
人影混入油畫般的顏彩

比夜更深邃的妳
正在聽什麼音樂呢
總猜想會不會是前世累積的
淚水，如今滴成了雨

又或是彩虹的精靈
提前來探訪這座美麗的島嶼
可是灰色的，灰色的不安
像雨雲般聚攏又飄移

聽著雨聲，彷彿也聽見了
熟悉的心跳和呼吸
貓蜷在角落繼續作奔跑的夢
無法推測我們相遇的或然率

如靜物，如一盆水耕植栽
我底思念也化成無聲雨
從不間斷地想著妳

〔論詩〕

　　原以為雨只是一種常見的物理現象，一種自由落體。可不知為何，雨很容易牽動我的情緒，尤其是連日的雨。心情很自然地跟隨雨的旋律起伏，或醒或寐的身體，再加上一點音樂，倒有點像醉的時候，理性的部分降低，感性如水銀落地。都不知道自己是如此毫無防備，一個不小心讓雨滲入脆弱的心房，那些欲言又止，那些反覆提醒，那些在記憶裡沉睡又被悄悄喚醒的一切，隨著雨滴忽大忽小，隨著敲打的窗戶，隨著傘下的背影，往事逐漸清晰了起來。

〔知人〕

　　銀色快手，1973年生，台北人，東吳大學日文系畢業，現為荒野夢二書店主人，文學評論家、詩人、日文譯者、絕版書商，身兼多重角色。定居桃園，養了九隻貓。曾於時報出版、中時電子報、果庭室內設計、美商智威湯遜廣告公司任職，2010年在台北師大商圈經營過布拉格書店。

# 黑咖啡

zeng 曾進歷

聽說你愛黑咖啡
趁著月光為你煮一杯
萃取，絕對西雅圖風味
不加糖與奶
沒有露水，攪和
可以和未眠的夜相連

如果愛配白饅頭
諾，這裡也有
鬆軟綿密，一路香回童年

如果真愛黑咖啡
這樣的夜，適合探微
仰天，一口吞下人間

（我是杯放太久的Espresso
苦，酸，猶有冷味然而純粹）

〔論詩〕

　　謝謝你來。翻閱這本詩選，停佇在這，領略這杯黑咖啡。在虛實世界匯聚而成的浩瀚詩海，詩者與閱者相逢已是難得；能夠一口盡飲，絕對是奢望。這詩易讀，這味，多說無益。喝得人是你，你，說了算。

〔知人〕

　　曾進歷，台灣彰化人。年輕時詩寫生活，得過些詩獎，參與些新詩推廣的活動；中年以後，用生活努力寫詩，主張緣份文學。他相信書冊裡真善美的語花，緣自詩人與讀者瞬間相知相惜的感動。所謂知己，因緣際會而已。

# 再見石梯灣的海

zeng 曾元耀

薄霧輕聲修繕窗外的清晨

發生在石梯灣的，都屬於海與孤獨

日光是微風的顏色，時間在靜默

當陽台上的心情被曬成古銅色

你就輕輕敲著門，走進迴瀾的夏


我們攜手傾聽岩礁的嘮叨

察看礁棚的故事與鹽漬的歷史

將辛酸的生命以風沙清洗，用陽光調味

直到螃蟹翻過今日的堤岸

所有的煩愁開始龜裂、漸次風乾

藏匿在熱風烈日中，都是偷來的幸福

不能直視你，就像不能直視太陽

是不是應該查閱內心的黑潮

海溫依然正確？方向朝北？

而海豚即將到來


你來不及抽回的手心，被蓋滿吻與星光

就讓它們成為生命迴游的密碼

時間在海風裡涵養，歲月濃縮成鹽成詩

有一點熟悉的東西，彷彿火種

將我帶回明亮的過去

〔論詩〕

　　石梯灣是台灣東部面臨太平洋的一處礁岩海岸平台，風景綺麗，是觀賞中國最早日出的好景點。許多人在此等待，等待日出，等待愛情火花的點燃如旭日的豔麗。多少夢境被編織，多少熱淚被灑落。路過的海風會認真打掃你的心情，日夜兼程北上的黑潮會將你的痛楚打包並帶走。你來石梯灣，石梯灣就會帶你回到明亮的過去。

〔知人〕

　　曾元耀，男，1950年生。畢業於台灣海洋大學漁業系及中山醫大醫學系。曾做過遠洋拖網漁船水手。目前為內科及精神科醫師，在鳳山執業。55歲開始寫詩。曾獲台北縣、桐花、新北市、夢花、花蓮、菊島等文學獎。

# 鬍鬚地

zhou 周瀚

愛人，我多麼想躺在你的鬍鬚地
尋找南方刺人的溫柔
那密密麻麻的鬚根
是家鄉一望無垠的甘蔗林
鬚根上沾滿了青春的汗水
散發夏天泥土狂野的味道
飄蕩在鬚間的口哨聲
是淘氣的陽光在田野裡跳躍
愛人，我沿著鬍鬚地滑行
觸摸到家鄉最原始的根
愛人，我躺在寂寞的黃昏
思念你粗獷的鬍鬚地
我多麼想在鬍鬚地架起高高的橋樑
連接無數個溢滿黑夜的等待
哦，那些短小精悍的鬚根
像隕石衝進地球的表面
進行一次有力而充滿憐愛的征服

〔論詩〕

　　詩歌充滿想像。鬍鬚猶如一塊田地，粗獷中帶有田園的氣息。意象是那麼具體，又是那麼光亮，充滿靈性，「飄蕩在鬚間的口哨聲，是淘氣的陽光在田野裡跳躍」。鬍鬚地，具有象徵的意義，代表家鄉最原始的根。思念賦予鄉愁，更顯深沉。在結尾，「像隕石衝進地球的表面，進行一次有力而充滿憐愛的征服」別出心裁，思念更具震撼力。

〔知人〕

　　周瀚，廣州中山大學文學博士。現任香港作家聯會永久會員，著有詩集《靈魂，在陽光中飛舞》。曾獲香港中文文學創作獎、青年文學獎以及網上文學創作比賽獎項。

# 混聲合唱

zi 紫鵑

一渡　海

一渡　剃髮

一渡　閃跳深淺運河

一渡　人與野獸蝸牛和花

一渡　閉上嘶鳴

一渡　撥弄野蠻

一渡　春色藥片

一渡　哼吟的帆船

一渡　他們都醉了

一渡　警報拉響

〔論詩〕

　　在我的詩中，常常出現海的意象，這可能與成長背景有極大的關係。因為我十六歲半便在花蓮的和南寺皈依佛法，此後，每年寒暑假都在那裡掛單。當年日夜聽海浪的聲音與寺院的梵唄，耳濡目染之下，內心常常處於寧靜和諧的狀態。這首《混聲合唱》最原始的雛型來自於此。詩中重複「一渡」既是渡過的意思。然而真能渡一切可渡的嗎？海，我們沒有辦法征服，剃髮為僧，也無法避免淪為宗教的囚徒。人與人之間親情、友情、愛情的紛擾及悲歡離合，又豈是我們能全身而退的？尤其是情關。當我在淡水星巴克二樓喝咖啡的時候，眺望對岸觀音山，想起年輕時掛單的和南寺，看到咖啡館樓下街道上一對打情罵俏的男女，他們的聲音就像海浪和梵唄，點點滴滴牽動我的思緒，一首詩完成了！它可以很色，也可以一點都不澀。

〔知人〕

　　紫鵑，古里古怪的中年女子。專欄特約寫作。愛詩、愛漂亮餐盤、愛美食、愛發呆、愛所愛的人所愛的一切。

## 後記
# 風過松濤與麥浪

秀實

　　執筆寫這篇後記時，連掇地想到一些人和事。首先是已過身的香港詩人方寬烈。他生前編過一本叫《情詩三百首評釋》的書。書成之際，邀我作序。我寫了《每一首愛情詩都是獨家版本》。當中說過這樣的話語：

　　愛情詩是詩歌的強藩大宗，但好的愛情詩罕有難求，卻是實情。那需要詩人心靈的無礙，又不受世俗繩規的約束。至情一有雜念，便跌落在生存的泥巴之中，思前想後，計謀算策。所以真摯的愛許多時只存在一閃念間，那一閃念便是永恆。好的愛情詩，就是詩人用他的文字逮著這一閃念。

　　歲月飛快，如穹蒼的彗星，如陡溪的急流，非但令容顏寥落，河山也會色變。惟有當日存留的真情摯愛，有幸藉文字而存留。詩人說，文章不朽之盛事。當中也必然包括這些閃念的

璀璨！

　　今年3.7.-12.，我出席了「第八屆東南亞華文詩人大會」，遠赴緬甸仰光。得與台灣女詩人葉莎相識。彼此言談甚歡，志趣相近。幾天下來，竟聊到編輯一本《當代台港愛情詩精粹》的事來。葉莎是「行動派」的才女，在她的督導下，輾轉三個月內，全書便已定稿。多個極深沉的靜夜，困在海隅的一個狹小的房間內，我在電腦熒屏前讀著這些「對愛的叮嚀與呼喚」，感慨萬千。在偽善與冷酷的世相裏，我觸摸到人心尚存的善良。詩，不必刻意求什麼技法，當情臻至善，形式自成，猶如風過松濤與麥浪，其聲必美。

　　無人不知的智利詩人聶魯達名句：


Love is so short, forgetting is so long.
　愛情如此短暫，而遺忘太漫長


　　這位1971年諾貝爾文學獎得主寫過許多不朽的詩篇，而最為人熟悉的，卻是一本薄薄的西班牙文愛情詩集《二十首情詩和一隻絕望的歌》Twenty Love Poems and a Song of Despair。上引名句，即便是出自這本詩集的最後一首。詩題為「今夜我可以寫出最悲傷的詩句」Tonight I Can Write。詩的第一行

是「Tonight I can write the saddest lines」，中文的詩題一般
也便隨第一句翻譯而來。詩歌，為這愛難遺忘作出「背書」
endorsement。

都說愛情是人類獨有的精神文明。我相信「愛」只是過
程，一抵達終站，便得摻入現實的成份。愛如翅膀而現實如雙
腿，雖同為一雙一對，前者可翱翔而後者只能徒步。隨著年華
漸逝，對愛情，我方才稍有所悟。真情之內，非單有「愛」，
更應包含著精神上的擔心與肉體上的憐惜。孤立著愛，那只是一
種如私產般的佔有，結合勢利的現實人心，自不會長治久安。

夏至過後，香港東面的天空，迎來了藍天白雲。人間世事
如此沸沸揚揚，人心是如此浮躁不安。真愛難覓，我說過，對
的人mr.right三生方才一遇。若我遇上，定必有詩，而且會是
那「風過松濤與麥浪」般的天籟聲！


2015.7.5.小暑前　於香港將軍澳婕樓

## 後記
# 精緻的甜與痛

 葉莎

　　自三月以來，經過與詩人秀實的相互激盪和好友曾進歷的建言，從當初的擺盪到積極進行邀約收稿，以及邀請蕭蕭老師和管管老師為這本首次港台詩人聯手出版的詩集寫推薦序，均在半年之內如期完成。那日與秀實走在台北的街頭，陽光亮麗秋風和煦，不禁為這一次情詩選出版的順利，感到幸運與感激。

　　雖然有人說愛情是「厭惡與美化之間複雜的葛藤」，說厭惡，那是因為愛情有時令人頹廢又荒廢，讓人因無法自拔而自苦；另一方面又不得不承認愛情有其巨大的力量，足以讓平凡的生活長出鮮豔繁盛的玫瑰。這愛情的葛藤無處不在，存在於販夫走卒買漿推車之流，也存在於達官顯宦膏粱錦繡之家，愛情可以強烈可以虛幻，可以纏綿也可以釋放！

　　日本作家坂口安吾曾說：『每個人都有一個不存在的愛人』，在現實的愛人不完美之際，那個不存在的愛人，將以過去記憶或藉著虛構以誇大、渲染的樣貌在夢中不停出現以撫慰

心靈。而我認為最厲害的莫過於詩人,愛情從此有了千萬種樣貌,透過文字,愛情的甜與痛如此精緻如此美麗!

　　此刻窗外暖景溶溶,田野有鳥啼由遠漸近,清脆的聲響與九月的詩意撞擊,在此誠摯感謝蕭蕭老師和管管老師百忙之中為這本詩集寫推薦序,以及優秀插畫家李曼聿提供內頁二十幅精彩插畫,李桂媚提供作者頭像插畫,更感謝台港兩地優秀名詩人的賜稿以及釀出版社的積極促成,讓台港兩地愛情裡的笑與淚得以相聚。


　　　　　　　　　　　　　　　　2015.9.12於桃園龍潭

讀詩人79　PG1478

 **風過松濤與麥浪**
——台港愛情詩精粹

| | |
|---|---|
| 主　　編 | 秀實、葉莎 |
| 插　　畫 | 李曼聿 |
| 責任編輯 | 李冠慶 |
| 圖文排版 | 楊家齊 |
| 封面設計 | 蔡瑋筠 |

| | |
|---|---|
| 出版策劃 | 釀出版 |
| 製作發行 | 秀威資訊科技股份有限公司 |
| | 114 台北市內湖區瑞光路76巷65號1樓 |
| | 電話：+886-2-2796-3638　傳真：+886-2-2796-1377 |
| | 服務信箱：service@showwe.com.tw |
| | http://www.showwe.com.tw |
| 郵政劃撥 | 19563868　戶名：秀威資訊科技股份有限公司 |
| 展售門市 | 國家書店【松江門市】 |
| | 104 台北市中山區松江路209號1樓 |
| | 電話：+886-2-2518-0207　傳真：+886-2-2518-0778 |
| 網路訂購 | 秀威網路書店：http://www.bodbooks.com.tw |
| | 國家網路書店：http://www.govbooks.com.tw |
| 法律顧問 | 毛國樑　律師 |
| 總 經 銷 | 聯合發行股份有限公司 |
| | 231新北市新店區寶橋路235巷6弄6號4F |
| | 電話：+886-2-2917-8022　傳真：+886-2-2915-6275 |

| | |
|---|---|
| 出版日期 | 2016年3月　BOD一版 |
| 定　　價 | 260元 |

**國家圖書館出版品預行編目**

風過松濤與麥浪：台港愛情詩精粹 / 秀實, 葉莎主編.
-- 一版. -- 臺北市：釀出版, 2016.03
面； 公分. -- (讀詩人；79)
BOD版
ISBN 978-986-445-086-2(平裝)

831.92                                    104028918

# 讀者回函卡

感謝您購買本書，為提升服務品質，請填妥以下資料，將讀者回函卡直接寄回或傳真本公司，收到您的寶貴意見後，我們會收藏記錄及檢討，謝謝！

如您需要了解本公司最新出版書目、購書優惠或企劃活動，歡迎您上網查詢或下載相關資料：http:// www.showwe.com.tw

您購買的書名：＿＿＿＿＿＿＿＿＿＿＿＿＿＿＿＿＿＿＿＿＿

出生日期：＿＿＿＿＿年＿＿＿＿月＿＿＿＿日

學歷：□高中 (含) 以下　　□大專　　□研究所 (含) 以上

職業：□製造業　□金融業　□資訊業　□軍警　□傳播業　□自由業
　　　□服務業　□公務員　□教職　　□學生　□家管　　□其它＿＿＿

購書地點：□網路書店　□實體書店　□書展　□郵購　□贈閱　□其他

您從何得知本書的消息？

　□網路書店　□實體書店　□網路搜尋　□電子報　□書訊　□雜誌

　□傳播媒體　□親友推薦　□網站推薦　□部落格　□其他＿＿＿＿＿

您對本書的評價：(請填代號　1.非常滿意　2.滿意　3.尚可　4.再改進)

　封面設計＿＿＿　版面編排＿＿＿　內容＿＿＿　文／譯筆＿＿＿　價格＿＿＿

讀完書後您覺得：

　□很有收穫　□有收穫　□收穫不多　□沒收穫

對我們的建議：＿＿＿＿＿＿＿＿＿＿＿＿＿＿＿＿＿＿＿＿＿

＿＿＿＿＿＿＿＿＿＿＿＿＿＿＿＿＿＿＿＿＿＿＿＿＿＿＿＿＿＿＿＿

＿＿＿＿＿＿＿＿＿＿＿＿＿＿＿＿＿＿＿＿＿＿＿＿＿＿＿＿＿＿＿＿

＿＿＿＿＿＿＿＿＿＿＿＿＿＿＿＿＿＿＿＿＿＿＿＿＿＿＿＿＿＿＿＿